# 5分钟诗词课

WU FENZHONG SHICIKE

邓娟 编著

上册

重庆出版集团 重庆出版社

图书在版编目（CIP）数据

5 分钟诗词课 / 邓娟编著 . —重庆 : 重庆出版社，2023.4

ISBN 978-7-229-17571-9

Ⅰ . ① 5… Ⅱ . ①邓… Ⅲ . ①古典诗歌—诗集—中国—儿童读物 Ⅳ . ① I222.72

中国国家版本馆 CIP 数据核字（2023）第 065033 号

**5分钟诗词课**

WU FENZHONG SHICIKE

**邓 娟 编著**

选题策划：肖化化
责任编辑：肖化化 秦维佳
特邀编辑：黎婉婷
责任校对：杨 婧
装帧设计：许馥琳 付焕婕

重庆出版集团
重 庆 出 版 社

重庆市南岸区南滨路162号1幢 邮政编码：400061 http://www.cqph.com
深圳市福圣印刷有限公司印刷
重庆出版集团图书发行有限公司发行
全国新华书店经销

开本：787mm×1092mm 1/16 印张：23.75 字数：120千字
2023年5月第1版 2023年5月第1次印刷
ISBN 978-7-229-17571-9
定价：98.00元（全2册）

如有印装质量问题，请向本集团图书发行有限公司调换：023-61520678

# 前言

5 分钟我们可以做些什么？在这个时间碎片化的时代，5 分钟可以被一首歌、一个游戏、一条新闻所占据，也可以用一段历史、一首古诗、一个故事来填满。5 分钟是一个有趣的时间段，在这一个时间段里，我们的探索欲、兴奋度和专注力可以保持在高位状态。“5 分钟阅读”系列就是针对当今“选品难”“兴趣低”“耐心弱”等阅读现状推出的图书产品，简洁流畅的文案搭配精美画稿，以刚好的知识容量，让孩子在 5 分钟内可以完成一次基本阅读，在保证他们专注力的同时激发阅读兴趣。

为什么要优先选择做《5 分钟诗词课》？中国人的启蒙教育多是从学习诗歌开始的，而小学课本中的古诗词是教育部专家筛选出来的精品中的精品。短短几行字，寥寥数语却蕴涵着丰富的哲理和醇厚的美韵。古诗词是语文学习中的重点，也是难点。因此，我们在众多一线语文教师和古诗文专家的帮助指导下，根据《2022 年版语文课程标准》对小学古诗词进行了全新编写，推出了《5 分钟诗词课》。

《5 分钟诗词课》收录了 180 首我国古诗词代表作，还贴心地分为了上下两册，上册 112 首为小学生必背古诗词，下册 68 首为拓展学习古诗词。我们对这些古诗词进行了深度的剖析转化，设置了配图、注音、注释、译文、思维导图、汉字学堂、真人录音和时间打卡等版块。其中，思维导图版块抛弃了复杂、冗长、传统的文字说教模式，以简单、清晰、明了的方式让孩子轻松理解古诗词，更直观地去感受古诗词中的内在逻辑和文化底蕴。另外阅读和背诵时间打卡的设计，也让孩子对自己的学习效率有更清晰的感知。180 张精美古诗词插图，能够从视觉方面帮助孩子加深对古诗词的印象，让他们在画面传达的意境中感受古诗词的美好。

另外，我们也对每首古诗词的内容进行了反复推敲和精简处理，让孩子能在 5 分钟完成一首古诗词的阅读和学习。因此，这是一本孩子可以随时翻阅、无障碍阅读的古诗词学习书，让孩子可以有效利用碎片化时间，在日积月累中感受传统文化的魅力。

古诗词中的哲理与美韵是孩子可以受益终生的知识素养积淀，来自古诗词的滋养将是孩子一生的财富。让孩子每天用 5 分钟的时间，畅游古诗词海洋，发现古诗词之美。

# 目 录


咏鹅…… 8
江南…… 10
画…… 12
悯农（其二）…… 14
古朗月行（节选）…… 16
风…… 18
静夜思…… 20
池上…… 22
小池…… 24
春晓…… 26
赠汪伦…… 28
寻隐者不遇…… 30
画鸡…… 32
登鹳雀楼…… 34
望庐山瀑布…… 36
夜宿山寺…… 38
敕勒歌…… 40
梅花…… 42
小儿垂钓…… 44
江雪…… 46
村居…… 48
咏柳…… 50
晓出净慈寺送林子方…… 52
绝句四首（其三）…… 54
赋得古原草送别（节选）…… 56
悯农（其一）…… 58

舟夜书所见 60
山行 62
赠刘景文 64
望天门山 66
饮湖上初晴后雨（其二） 68
望洞庭 70
所见 72
夜书所见 74
早发白帝城 76
采莲曲 78
绝句二首（其一） 80
惠崇春江晚景 82
三衢道中 84
元日 86
清明 88
九月九日忆山东兄弟 90
忆江南 92
滁州西涧 94
大林寺桃花 96
江畔独步寻花（其六） 98
暮江吟 100
题西林壁 102
雪梅（其一） 104
出塞 106
凉州词 108
夏日绝句 110
鹿柴 112
嫦娥 114
别董大 116

四时田园杂兴（其二十五）……………………………………118
宿新市徐公店……………………………………………………120
清平乐·村居……………………………………………………122
芙蓉楼送辛渐……………………………………………………124
塞下曲（其三）…………………………………………………126
墨梅………………………………………………………………128
江畔独步寻花（其五）…………………………………………130
蜂…………………………………………………………………132
独坐敬亭山………………………………………………………134
示儿………………………………………………………………136
题临安邸…………………………………………………………138
己亥杂诗…………………………………………………………140
山居秋暝…………………………………………………………142
枫桥夜泊…………………………………………………………144
长相思……………………………………………………………146
蝉…………………………………………………………………148
乞巧………………………………………………………………150
渔歌子……………………………………………………………152
观书有感（其一）………………………………………………154
观书有感（其二）………………………………………………156
四时田园杂兴（其三十一）……………………………………158
稚子弄冰…………………………………………………………160
村晚………………………………………………………………162
从军行……………………………………………………………164
秋夜将晓出篱门迎凉有感（其二）……………………………166
闻官军收河南河北………………………………………………168
游子吟……………………………………………………………170
鸟鸣涧……………………………………………………………172
凉州词……………………………………………………………174

黄鹤楼送孟浩然之广陵……………………………176
乡村四月………………………………………178
宿建德江………………………………………180
六月二十七日望湖楼醉书…………………………182
西江月·夜行黄沙道中……………………………184
浪淘沙（其一）…………………………………186
江南春…………………………………………188
书湖阴先生壁（其一）……………………………190
过故人庄………………………………………192
春日…………………………………………194
回乡偶书………………………………………196
寒食…………………………………………198
迢迢牵牛星……………………………………200
十五夜望月……………………………………202
马诗…………………………………………204
石灰吟………………………………………206
竹石…………………………………………208
长歌行………………………………………210
采薇（节选）…………………………………212
送元二使安西…………………………………214
春夜喜雨……………………………………216
早春呈水部张十八员外…………………………218
江上渔者……………………………………220
泊船瓜洲……………………………………222
游园不值……………………………………224
卜算子·送鲍浩然之浙东…………………………226
浣溪沙………………………………………228
清平乐………………………………………230

读完用时　　分钟

背诵用时　　分钟

# yǒng é
# 咏①鹅

táng　luò bīn wáng
唐 · 骆宾王

é，é，é，
鹅，鹅，鹅，

qū xiàng xiàng tiān gē
曲项②向天歌③。

bái máo fú lǜ shuǐ
白毛浮绿水，

hóng zhǎng bō qīng bō
红掌拨④清波。

## 注释

① 咏：用诗、词来叙述或赞美某一事物。咏鹅，用诗词来赞美鹅。

② 曲项：弯着脖子。

③ 歌：长鸣。

④ 拨：划动。

## 译文

鹅呀鹅，它们伸着弯曲的脖子，向着蓝天唱着歌。洁白的羽毛漂浮在碧绿的水面上，红色的脚掌划动着清清的水波。

读完用时　　分钟

背诵用时　　分钟

# jiāng nán<br>江　南

hàn yuè fǔ<br>汉乐府

jiāng nán kě cǎi lián<br>
江南可采莲，

lián yè hé tián tián<br>
莲叶何①田田②。

yú xì lián yè jiān<br>
鱼戏③莲叶间。

yú xì lián yè dōng<br>
鱼戏莲叶东，

yú xì lián yè xī<br>
鱼戏莲叶西，

yú xì lián yè nán<br>
鱼戏莲叶南，

yú xì lián yè běi<br>
鱼戏莲叶北。

**注释**

① 何：多么。

② 田田：指荷叶茂盛的样子。

③ 戏：游戏，嬉戏。

**译文**

在江南可以采莲的季节，莲叶多么茂盛啊！鱼儿们在莲叶间嬉戏。它们一会儿在莲叶东面嬉戏，一会儿在莲叶西面嬉戏，一会儿在莲叶南面嬉戏，一会儿在莲叶北面嬉戏。

读完用时 分钟

背诵用时 分钟

huà
# 画

táng wáng wéi
唐 · 王 维

yuǎn kàn shān yǒu sè
远 看 山 有 色[1]，

jìn tīng shuǐ wú shēng
近 听 水 无 声 。

chūn qù huā hái zài
春 去 花 还 在 ，

rén lái niǎo bù jīng
人 来 鸟 不 惊[2]。

**注释**

① 色：颜色，也有景色之意。

② 惊：吃惊，害怕。

**译文**

远远看去，能看到山的色彩，走近了却听不见流水的声音。春天过去了，花儿仍然盛开着，人走近了，鸟儿却没有被惊动。

读完用时　分钟

背诵用时　分钟

# 悯①农（其二）

mǐn nóng qí èr

唐·李绅

táng lǐ shēn

chú hé rì dāng wǔ
锄禾②日当午③，

hàn dī hé xià tǔ
汗滴禾下土。

shuí zhī pán zhōng cān
谁知盘中餐④，

lì lì jiē xīn kǔ
粒粒皆辛苦。

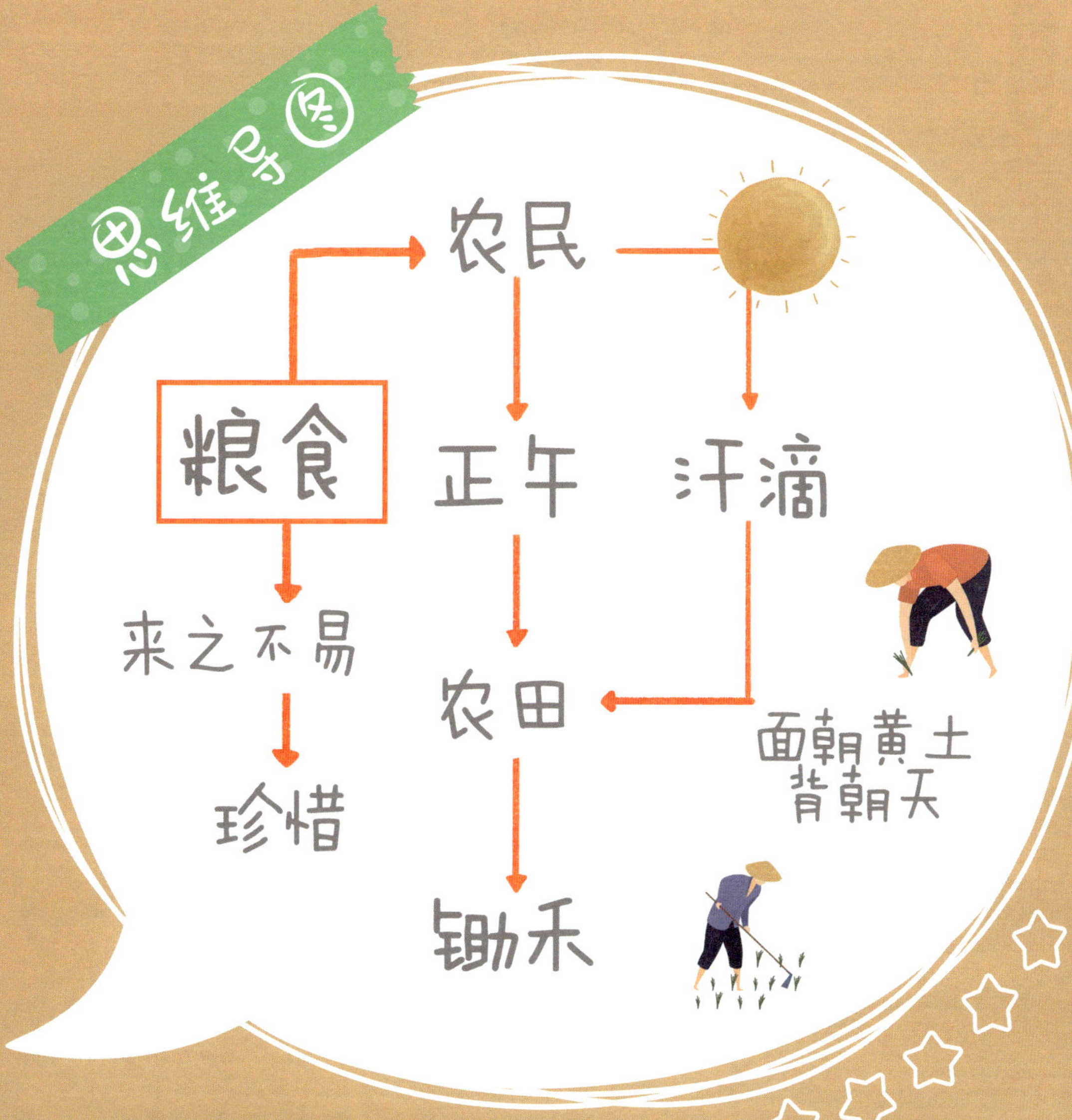


难度打卡

## 注释

① 悯：怜悯。这里有同情的意思。

② 禾：谷类植物的统称。

③ 当午：正午，中午。

④ 餐：一作“飧（sūn）”。熟食的统称。

## 译文

正午时分，农民在炎炎烈日下为禾苗锄草，汗水滴到了禾苗生长的土地上。可又有谁知道我们盘中的食物，每一粒都是农民们用辛苦和汗水换来的呢？

读完用时　分钟

背诵用时　分钟

gǔ lǎng yuè xíng jié xuǎn

# 古朗月行①（节选）

táng lǐ bái

唐 · 李 白

xiǎo shí bù shí yuè

小时不识月，

hū zuò bái yù pán

呼作②白玉盘③。

yòu yí yáo tái jìng

又疑瑶台④镜，

fēi zài qīng yún duān

飞在青云端。

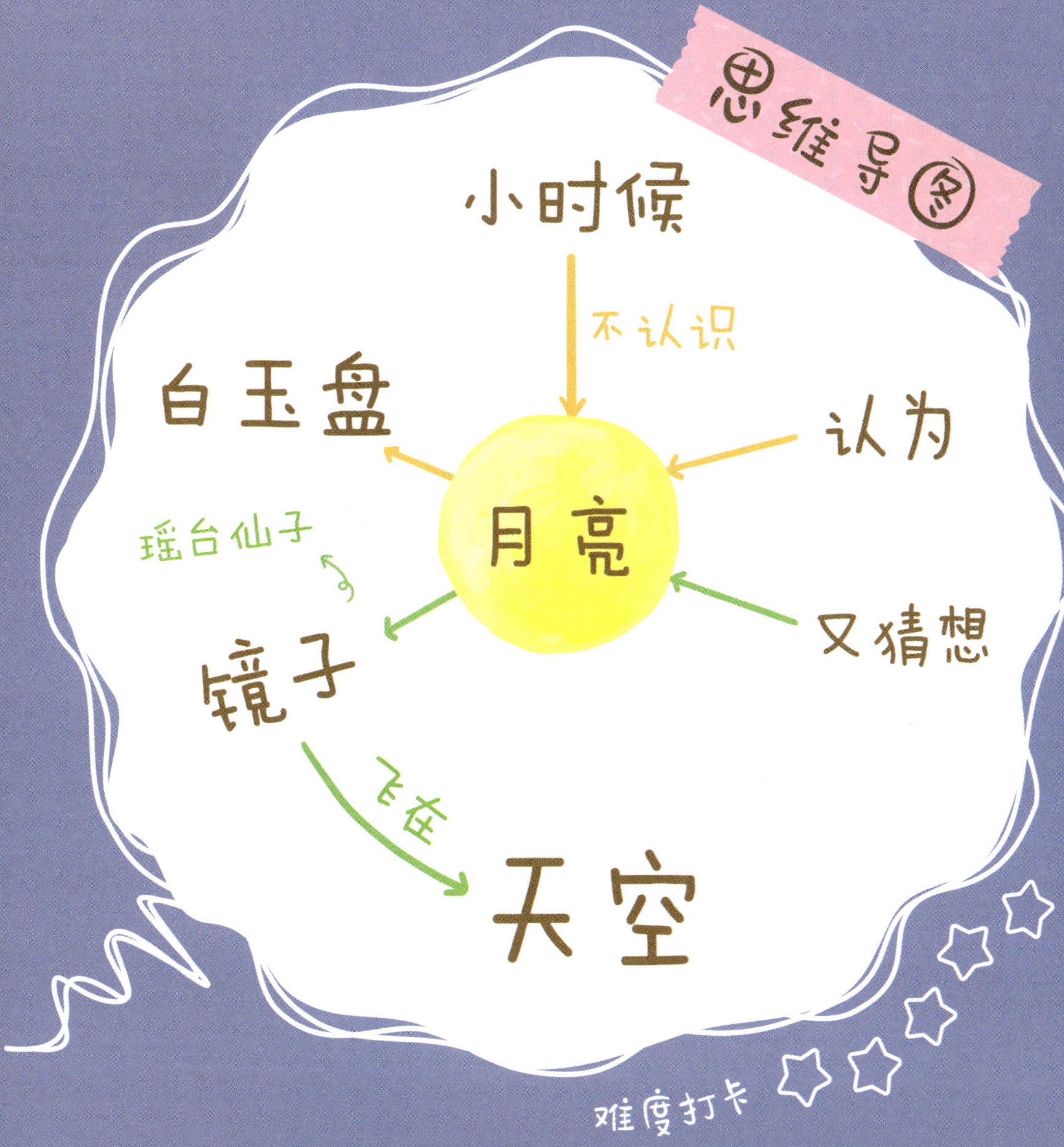


注释

① 古朗月行：“朗月行”原为乐府曲名，李白在这里借用古曲的题目，所以称为“古”。

② 呼作：称为。

③ 白玉盘：指晶莹剔透的白盘子。

④ 瑶台：传说中神仙居住的地方。

译文

小时候不认识月亮，把圆月称为白玉盘。又猜想它是瑶台仙人的镜子，高高地飞到青云之上。

读完用时 分钟

背诵用时 分钟

fēng

# 风

táng lǐ qiáo

唐·李峤

jiě luò sān qiū yè

解落①三秋②叶，

néng kāi èr yuè huā

能开二月③花。

guò jiāng qiān chǐ làng

过④江千尺浪，

rù zhú wàn gān xié

入竹万竿斜。

难度打卡

## 注释

① 解落：吹落，散落。

② 三秋：古时秋天分为孟秋、仲秋、季秋（农历七、八、九月），合称“三秋”。此处指第三个月，即“季秋”。

③ 二月：农历二月，指早春时节。

④ 过：经过。

## 译文

风能吹落秋天的树叶，能够吹开早春美丽的花儿。经过江面的时候能够卷起千尺的巨浪，吹过竹林能让无数竹子倾斜。

读完用时　　分钟

背诵用时　　分钟

# jìng yè sī
# 静夜思

táng lǐ bái
唐·李白

chuáng qián míng yuè guāng
床①前明月光，

yí shì dì shàng shuāng
疑②是地上霜。

jǔ tóu wàng míng yuè
举头③望明月，

dī tóu sī gù xiāng
低头思故乡。

## 汉字学堂

| | | |
|---|---|---|
| yè 夜 | chuáng 床 | sī 思 |
| guāng 光 | yí 疑 | jǔ 举 |
| wàng 望 | dī 低 | gù 故 |

难度打卡 ☆☆☆☆☆

### 注释

① 床：多指井上栏杆。
② 疑：好像。
③ 举头：抬头。

### 译文

明亮的月光洒在井栏前，好像是地上铺了一层白霜。抬头望着天上的一轮明月，低下头来深深思念远方的故乡。

读完用时　分钟

背诵用时　分钟

chí shàng
# 池上

táng bái jū yì
唐·白居易

xiǎo wá chēng xiǎo tǐng
小娃撑小艇①，

tōu cǎi bái lián huí
偷采白莲回。

bù jiě cáng zōng jì
不解②藏踪迹③，

fú píng yí dào kāi
浮萍④一道开。

## 汉字学习

wá 娃　chēng 撑　tǐng 艇

cǎi 采　zōng 踪　jì 迹

fú 浮　píng 萍

难度打卡

### 注释

① 艇：船。

② 解：知道，懂得。

③ 踪迹：这里指小艇划开浮萍留下的痕迹。

④ 浮萍：一种漂浮在水面上的水生植物，叶子为椭圆形，青绿色，叶下长有须根。

### 译文

小孩撑着小船，偷偷地在池塘中采了白莲回来。可是他不知道要隐藏好自己的踪迹，划开的浮萍留下了小船走过的痕迹。

读完用时　分钟

背诵用时　分钟

xiǎo chí
# 小池

sòng yáng wàn lǐ
宋·杨万里

quán yǎn wú shēng xī xì liú
泉眼①无声惜②细流，

shù yīn zhào shuǐ ài qíng róu
树阴照水③爱晴柔④。

xiǎo hé cái lù jiān jiān jiǎo
小荷才露尖尖角⑤，

zǎo yǒu qīng tíng lì shàng tóu
早有蜻蜓立上头。

## 汉字学堂

| ài | quán | qíng | liú | jiǎo | róu | lù | hé |
| --- | --- | --- | --- | --- | --- | --- | --- |
| 爱 | 泉 | 晴 | 流 | 角 | 柔 | 露 | 荷 |

难度打卡

### 注释

① 泉眼：泉水的出口。

② 惜：吝惜，舍不得。

③ 照水：倒映在水面。

④ 晴柔：晴天里柔和的风光。

⑤ 尖尖角：刚露出水面还没有舒展开来的荷叶尖端。

### 译文

泉眼悄然无声是因舍不得细细的水流，映在水里的树阴喜欢这晴天里柔和的风光。小荷叶刚从水面露出尖尖的角，早就有一只小蜻蜓立在它的上头。

读完用时　分钟

背诵用时　分钟

chūn xiǎo

# 春晓[1]

táng mèng hào rán

唐·孟浩然

chūn mián bù jué xiǎo

春眠不觉[2]晓，

chù chù wén tí niǎo

处处闻[3]啼鸟[4]。

yè lái fēng yǔ shēng

夜来风雨声，

huā luò zhī duō shǎo

花落知多少[5]。

## 注释

① 春晓：春天的早晨。晓，天刚亮的时候。

② 不觉：没有发觉。

③ 闻：听见。

④ 啼鸟：鸟啼，鸟的啼叫声。

⑤ 知多少：不知道有多少。

## 译文

春天的夜晚睡得十分香甜，连天亮了都没有发现，醒来只听见到处都是鸟儿的啼叫声。回想起昨天晚上的阵阵风雨声，不知道花儿被吹落了多少。

读完用时　分钟

背诵用时　分钟

zèng wāng lún
# 赠汪伦[1]

táng lǐ bái
唐·李白

lǐ bái chéng zhōu jiāng yù xíng
李白乘舟将欲行[2]，

hū wén àn shàng tà gē shēng
忽闻岸上踏歌[3]声。

táo huā tán shuǐ shēn qiān chǐ
桃花潭[4]水深千尺[5]，

bù jí wāng lún sòng wǒ qíng
不及[6]汪伦送我情。

## 注释

① 汪伦：李白的朋友。

② 将欲行：将要出发。

③ 踏歌：唐代的一种民间歌舞形式，一边唱歌，一边用脚踏地打拍子。

④ 桃花潭：位于现在的安徽泾县以西。

⑤ 深千尺：一种夸张的手法，并不是说桃花潭水真的有一千尺那么深。

⑥ 不及：比不上。

## 译文

我（李白）坐着小船即将出发，突然听到岸上传来踏歌的声音。桃花潭的潭水就算深达千尺，也比不上汪伦送我的情谊。

# 寻隐者不遇
xún yǐn zhě bú yù

táng jiǎ dǎo
唐·贾岛

sōng xià wèn tóng zǐ
松下问童子①，

yán shī cǎi yào qù
言②师采药去。

zhǐ zài cǐ shān zhōng
只在此山中，

yún shēn bù zhī chù
云深③不知处④。

## 思维导图

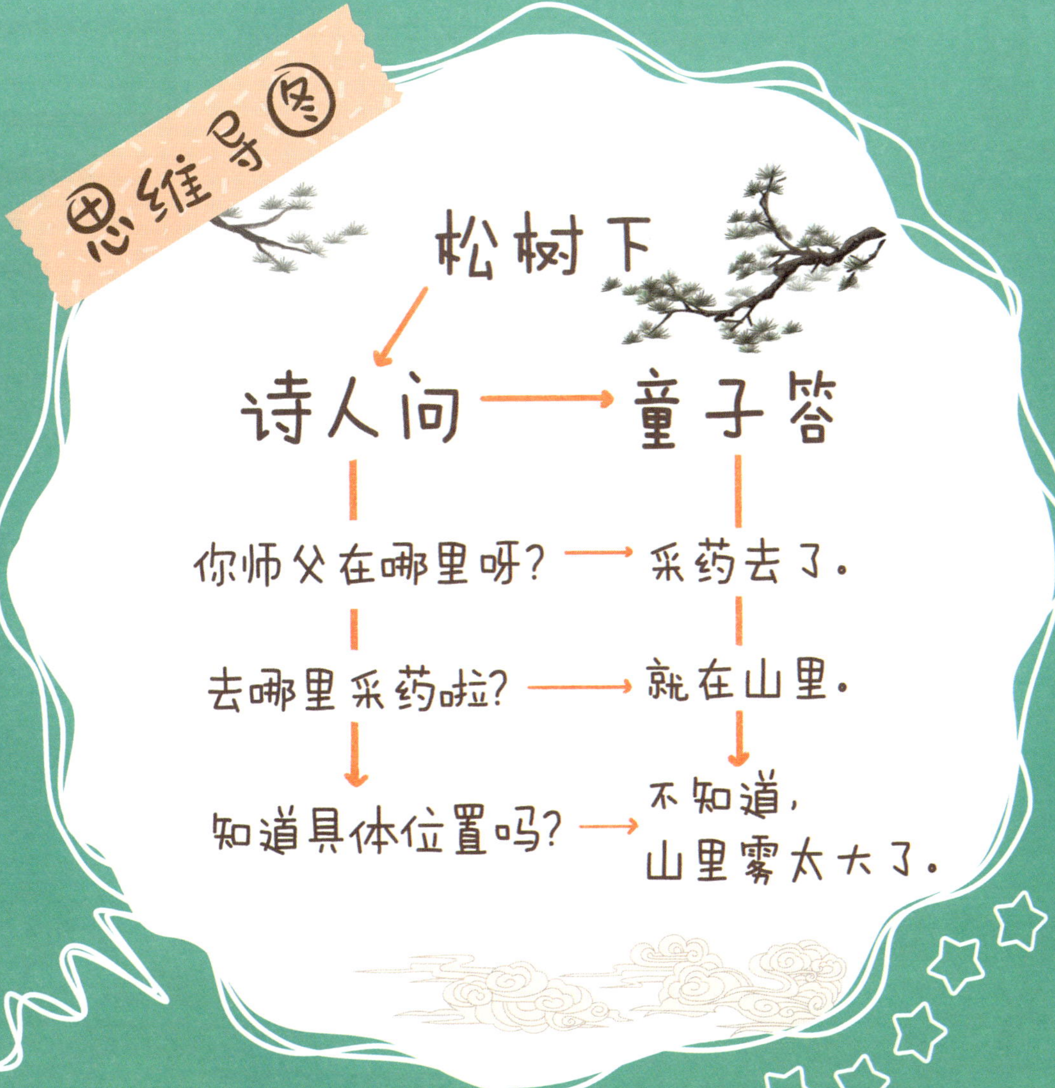


难度打卡

### 注释

① 童子：小孩，没有成年的人。这里指隐者的弟子、学生。
② 言：说，回答。
③ 云深：山上的云雾。
④ 处：处所，位置。

### 译文

我在苍翠的松树下询问隐者的弟子，他说师父上山采药去了。他只知道师父就在这座山里，可是云雾缭绕不知道师父的具体位置。

读完用时　分钟

背诵用时　分钟

huà jī
# 画鸡

míng táng yín
明·唐寅

tóu shàng hóng guān bú yòng cái
头上红冠不用裁①，

mǎn shēn xuě bái zǒu jiāng lái
满身雪白走将②来。

píng shēng bù gǎn qīng yán yǔ
平生③不敢轻④言语⑤，

yí jiào qiān mén wàn hù kāi
一⑥叫千门万户开。

## 注释

① 裁：裁剪。
② 将：助词，用在动词和来、去等表示趋向的补语之间。
③ 平生：平常，平素。
④ 轻：轻易，随便。
⑤ 言语：这里指雄鸡鸣叫。
⑥ 一：一旦。

## 译文

鸡头上鲜红的冠子不用特意裁剪，身上披着雪白的羽毛，雄赳赳地走过来。它平生不敢轻易啼叫，一旦叫起来，千家万户都会打开门窗。

读完用时 分钟

背诵用时 分钟

dēng guàn què lóu

# 登鹳雀楼①

táng wáng zhī huàn

唐 · 王之涣

bái rì yī shān jìn

白日②依③山尽④，

huáng hé rù hǎi liú

黄河入海流。

yù qióng qiān lǐ mù

欲⑤穷⑥千里目⑦，

gèng shàng yì céng lóu

更⑧上一层楼。

## 注释

① 鹳雀楼：唐代名楼，旧址位于今天的山西省永济市。传说常有鹳雀在这里停留，因而得名。

② 白日：太阳。

③ 依：依傍，靠着。

④ 尽：消失。

⑤ 欲：想要。

⑥ 穷：穷尽，达到极点。这里指看得非常远。

⑦ 千里目：眼界宽阔。

⑧ 更：再。

## 译文

太阳依傍着山慢慢下沉消失了，黄河向着大海奔流。想看到更远的景色，就要再登上一层楼。

读完用时　　分钟

背诵用时　　分钟

wàng lú shān pù bù

# 望庐山瀑布

táng lǐ bái

唐 · 李白

rì zhào xiāng lú shēng zǐ yān

日照香炉①生紫烟②，

yáo kàn pù bù guà qián chuān

遥看③瀑布挂前川④。

fēi liú zhí xià sān qiān chǐ

飞流直下三千尺，

yí shì yín hé luò jiǔ tiān

疑是银河⑤落九天⑥。

## 汉字学堂

bù 布　zhào 照　lú 炉

pù 瀑　yān 烟　guà 挂

yáo 遥　chuān 川

难度打卡

### 注释

① 香炉：指香炉峰。庐山西北部有北香炉，南部有南香炉，这里指南部的香炉峰。

② 紫烟：太阳的光线透过山峰上的云雾，呈现出紫色，看起来像紫色的烟云。

③ 遥看：远远看去。

④ 川：河流。这里指瀑布。

⑤ 银河：古时候指银河系构成的带状星群。

⑥ 九天：这里指天非常高。古人将天分为九重，最高的一层叫“九重天”。

### 译文

在太阳的照射下，香炉峰升腾起了紫色的云烟，远远看去，瀑布像白练一样挂在山前。瀑布的水流仿佛从数千尺的高空中飞泻而下，让人怀疑是银河从天上落到人间。

读完用时　　分钟

背诵用时　　分钟

yè sù shān sì

# 夜宿山寺

táng　lǐ bái

唐 · 李白

wēi lóu gāo bǎi chǐ

危楼[1]高百尺[2]，

shǒu kě zhāi xīng chén

手可摘星辰。

bù gǎn gāo shēng yǔ

不敢高声语[3]，

kǒng jīng tiān shàng rén

恐[4]惊[5]天上人。

## 汉字学堂

sù 宿

sì 寺

wēi 危

chén 辰

lóu 楼

jīng 惊

kǒng 恐

zhāi 摘

难度打卡

## 注释

① 危楼：高楼，这里指山顶的寺庙。危，高。

② 百尺：虚指，不是实数，这里形容楼很高。

③ 语：说话。

④ 恐：害怕，恐怕。

⑤ 惊：惊动。

## 译文

山上寺院好似有百丈之高，站在上边仿佛都能摘下星辰。我不敢高声说话，唯恐惊动了天上的仙人。

读完用时　　分钟

背诵用时　　分钟

chì lè gē
# 敕勒歌

běi cháo mín gē
北朝民歌

chì lè chuān, yīn shān xià.
敕勒川①，阴山②下。

tiān sì qióng lú, lǒng gài sì yě.
天似穹庐③，笼盖四野④。

tiān cāng cāng, yě máng máng,
天苍苍⑤，野茫茫⑥，

fēng chuī cǎo dī xiàn niú yáng.
风吹草低见⑦牛羊。

## 汉字学堂

yīn 阴　sì 似　lú 庐　gài 盖　lǒng 笼　yě 野　cāng 苍　máng 茫

难度打卡

### 注释

① 敕勒川：敕勒族居住的平原地区。川，平川，平原。
② 阴山：今位于内蒙古自治区。
③ 穹庐：用毡布搭成的帐篷，即蒙古包。
④ 四野：草原的四面八方。野，古代读 yǎ。
⑤ 苍苍：原指青色，此处指天空蔚蓝的颜色。
⑥ 茫茫：辽阔无边的样子。
⑦ 见：同“现”，显露，显现。

### 译文

辽阔的敕勒大草原，就在阴山脚下。天空如毡制的圆顶大帐篷，笼罩着草原的四面八方。天空蓝蓝的，草原无边无际，一片茫茫。风儿吹过，牧草低伏，显露出原来隐没在草丛中的众多牛羊。

méi huā
# 梅花

sòng wáng ān shí
宋·王安石

读完用时　　分钟

背诵用时　　分钟

qiáng jiǎo shù zhī méi
墙角数①枝梅，

líng hán dú zì kāi
凌寒②独自开。

yáo zhī bú shì xuě
遥③知不是雪，

wèi yǒu àn xiāng lái
为④有暗香⑤来。

难度打卡

**注释**

① 数：几。
② 凌寒：冒着严寒。
③ 遥：远远的。
④ 为：因为。
⑤ 暗香：指梅花的幽香。

**译文**

墙角有几枝梅花，冒着严寒独自盛开。远远看去就知道那不是雪，因为有阵阵幽香传来。

读完用时　　分钟

背诵用时　　分钟

xiǎo ér chuí diào
# 小儿垂钓

táng　hú lìng néng
唐 · 胡令能

péng tóu zhì zǐ xué chuí lún
蓬头稚子①学垂纶②，

cè zuò méi tái cǎo yìng shēn
侧坐莓苔③草映④身。

lù rén jiè wèn yáo zhāo shǒu
路人借问⑤遥招手，

pà dé yú jīng bú yìng rén
怕得鱼惊不应⑥人。

## 注释

① 蓬头稚子：形容天真可爱的小孩。
② 垂纶：钓鱼。纶，钓鱼用的丝线。
③ 莓苔：泛指苔藓类植物。
④ 映：遮映，遮蔽。
⑤ 借问：向别人问路打听。
⑥ 应：回应，理睬。

## 译文

一个头发蓬乱的小孩学钓鱼，侧着身子坐在青苔边，野草遮住他的身体。路过的人向他问路打听，他远远地摆摆手，害怕鱼儿受到惊吓不上钩，不敢回应过路人。

读完用时 分钟

背诵用时 分钟

# jiāng xuě
# 江 雪

táng liǔ zōng yuán
唐 · 柳 宗 元

qiān shān niǎo fēi jué
千 山 鸟 飞 绝①，

wàn jìng rén zōng miè
万 径②人 踪③灭 。

gū zhōu suō lì wēng
孤 舟 蓑 笠④翁 ，

dú diào hán jiāng xuě
独 钓 寒 江 雪 。

## 注释

① 绝：无，没有。
② 万径：虚指，指千万条路。
③ 人踪：人的踪迹。
④ 蓑笠：蓑衣和斗笠。古时候用来防雨雪的衣帽。

## 译文

所有的山上都没有了飞鸟的身影，所有的道路都看不见人的踪迹。只有一位身穿蓑衣、头戴斗笠的老渔翁坐在孤零零的小船上，正独自在寒冷的江面上垂钓。

读完用时　分钟

背诵用时　分钟

cūn jū
# 村居

qīng gāo dǐng
清 · 高鼎

cǎo zhǎng yīng fēi èr yuè tiān
草长莺飞二月天，

fú dī yáng liǔ zuì chūn yān
拂堤杨柳醉①春烟②。

ér tóng sàn xué guī lái zǎo
儿童散学③归来早，

máng chèn dōng fēng fàng zhǐ yuān
忙趁东风放纸鸢④。

## 注释

① 醉：迷醉，陶醉。

② 春烟：春天水泽和草木间蒸发形成的水汽，像弥漫在空中的烟雾。

③ 散学：放学。

④ 纸鸢：一种形状像老鹰的风筝。鸢，风筝。

## 译文

二月初春，小草发芽生长，黄莺飞来飞去，杨柳的枝条轻轻拂着堤岸，陶醉在春天的氤氲水汽中。孩子们早早就放学回来了，赶紧趁着这春风放起了风筝。

读完用时 分钟

背诵用时 分钟

# yǒng liǔ
# 咏柳

táng hè zhī zhāng
唐·贺知章

bì yù zhuāng chéng yí shù gāo
碧玉①妆②成一树高，

wàn tiáo chuí xià lǜ sī tāo
万③条垂下绿丝绦④。

bù zhī xì yè shuí cái chū
不知细叶谁裁⑤出，

èr yuè chūn fēng sì jiǎn dāo
二月春风似⑥剪刀。

## 汉字学堂

| yǒng | bì | zhuāng |
| --- | --- | --- |
| 咏 | 碧 | 妆 |

| chuí | sī | tāo |
| --- | --- | --- |
| 垂 | 丝 | 绦 |

| cái | jiǎn |
| --- | --- |
| 裁 | 剪 |

难度打卡 ☆☆☆☆☆

### 注释

① 碧玉：碧绿色的玉。这里用以比喻春天嫩绿的柳叶。
② 妆：装饰，打扮。
③ 万：这里表示很多的意思。
④ 绦：用丝编成的绳带。这里比喻柳条像丝带一样。
⑤ 裁：裁剪。
⑥ 似：好像，如同。

### 译文

像碧玉一样嫩绿的柳叶装扮着高高的柳树，许多条柳枝就像绿色丝带一样从树上垂挂下来。不知道这细细的嫩叶是谁裁剪出来的，原来是二月的春风，它就像一把奇妙的剪刀。

读完用时　　分钟

背诵用时　　分钟

xiǎo chū jìng cí sì sòng lín zǐ fāng

# 晓出①净慈寺②送林子方③

sòng yáng wàn lǐ

宋·杨万里

bì jìng xī hú liù yuè zhōng

毕竟④西湖六月中，

fēng guāng bù yǔ sì shí tóng

风光不与四时⑤同。

jiē tiān lián yè wú qióng bì

接天⑥莲叶无穷碧⑦，

yìng rì hé huā bié yàng hóng

映日荷花别样红⑧。

## 汉字学堂

cí 慈

xiǎo 晓

bì 毕

jiē 接

jìng 竟

qióng 穷

yìng 映

难度打卡

### 注释

① 晓：太阳刚刚升起。

② 净慈寺：全名“净慈报恩光孝禅寺”，与灵隐寺并为杭州西湖南北山两大著名佛寺。

③ 林子方：诗人的朋友。

④ 毕竟：到底。

⑤ 四时：春夏秋冬四个季节。这里指六月之外的其他季节。

⑥ 接天：像与天空相接。

⑦ 无穷碧：莲叶面积广，似与天空相接，呈现出无穷的碧绿。

⑧ 别样红：红得特别出色。

### 译文

六月里西湖的景色到底和其他时节的不一样：密密的荷叶铺展开来，与蓝天相连接，是一眼望不到头的碧绿；朵朵荷花在阳光的辉映下，显得格外的鲜艳娇红。

读完用时　　分钟

背诵用时　　分钟

# jué jù sì shǒu qí sān
# 绝句四首（其三）

táng dù fǔ
唐·杜甫

liǎng gè huáng lí míng cuì liǔ
两个黄鹂鸣翠柳，

yì háng bái lù shàng qīng tiān
一行白鹭上青天。

chuāng hán xī lǐng qiān qiū xuě
窗含①西岭②千秋雪③，

mén bó dōng wú wàn lǐ chuán
门泊④东吴⑤万里船。

## 思维导图

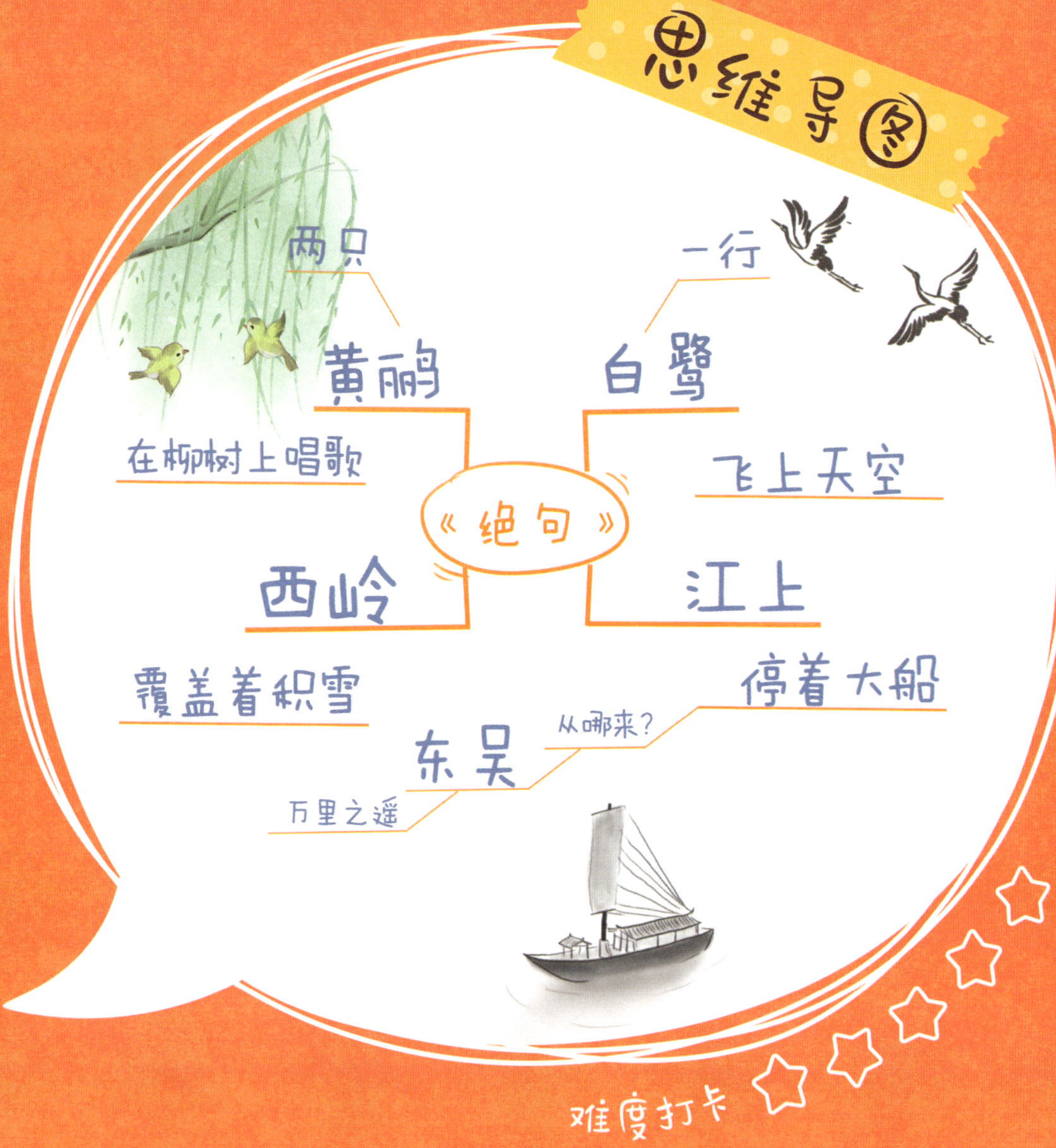


### 注释

① 含：包含，容纳。
② 西岭：西岭雪山，即成都西面的岷山。
③ 千秋雪：指雪山上千年不化的积雪。
④ 泊：停泊。
⑤ 东吴：古地名，今江苏、浙江一带。

### 译文

两只黄鹂在翠绿的柳枝上欢唱，一行白鹭飞上了天空。窗口正对着岷山千年不化的积雪，门外停泊着自万里外的东吴远行而来的船只。

# 赋得古原草送别①（节选）

fù dé gǔ yuán cǎo sòng bié jié xuǎn

唐·白居易

táng bái jū yì

lí lí yuán shàng cǎo
离离②原上草，

yí suì yì kū róng
一岁一枯③荣④。

yě huǒ shāo bú jìn
野火烧不尽，

chūn fēng chuī yòu shēng
春风吹又生。

读完用时 分钟

背诵用时 分钟

难度打卡 ☆☆☆☆☆

**注释**

① 赋得：用古人的诗句或成语为命题作诗，诗题前一般都会加上“赋得”二字。

② 离离：青草茂盛的样子。

③ 枯：枯萎。

④ 荣：繁盛，茂盛。

**译文**

原野上的青草十分茂盛，每年都要经历枯萎与新生。野火没有办法把草都烧光，因为春风一吹，小草就会继续长出来。

读完用时　　分钟

背诵用时　　分钟

mǐn nóng qí yī

# 悯农（其一）

táng lǐ shēn

唐·李绅

chūn zhòng yí lì sù

春种一粒粟①，

qiū shōu wàn kē zǐ

秋收万颗子②。

sì hǎi wú xián tián

四海③无闲田④，

nóng fū yóu è sǐ

农夫犹⑤饿死。

难度打卡

注释

① 粟：泛指谷类。
② 子：指颗粒粮食。
③ 四海：指全国。
④ 闲田：没有耕种的田。
⑤ 犹：仍然。

译文

春天只要播下一粒种子，秋天就可以收获很多粮食。普天之下没有荒废不种的田地，却仍有农民被饿死。

读完用时　　分钟

背诵用时　　分钟

zhōu yè shū suǒ jiàn
# 舟夜书所见

qīng zhā shèn xíng
清·查慎行

yuè hēi jiàn yú dēng
月黑①见渔灯，

gū guāng yì diǎn yíng
孤光②一点萤。

wēi wēi fēng cù làng
微微风簇浪③，

sàn zuò mǎn hé xīng
散作满河星。

## 注释

① 月黑：漆黑的夜晚。

② 孤光：孤零零的灯光。

③ 簇浪：一层接一层的水浪。簇：涌起。

## 译文

夜色漆黑，只能看见渔船上的灯光，孤独的灯光在茫茫夜色中像萤火虫发出的微光。微风阵阵，河水泛起层层波浪，渔灯微光在水面上散开，河面好像撒落无数的星星。

# 山行①

唐·杜牧

读完用时　　分钟

背诵用时　　分钟

yuǎn shàng hán shān shí jìng xié
远上寒山石径斜②，

bái yún shēng chù yǒu rén jiā
白云生处有人家。

tíng chē zuò ài fēng lín wǎn
停车坐③爱枫林晚，

shuāng yè hóng yú èr yuè huā
霜叶④红于⑤二月花。

## 汉字学堂

jìng 径　hán 寒　shēn 深　tíng 停　xié 斜　wǎn 晚　fēng 枫　shuāng 霜

难度打卡

### 注释

① 山行：在山中行走。

② 斜：古读 xiá，倾斜，偏。

③ 坐：因为。

④ 霜叶：枫树的叶子经过寒霜后就变成了红色。

⑤ 红于：比……更红。

### 译文

沿着弯弯曲曲的小路上山，在那白云深处居然还有人家。停下车来是因为喜爱深秋枫林的晚景，枫叶被秋霜染过，比二月的春花还要艳丽。

读完用时　　分钟

背诵用时　　分钟

zèng liú jǐng wén

# 赠刘景文[1]

sòng sū shì

宋·苏轼

hé jìn yǐ wú qíng yǔ gài

荷尽已无擎[2]雨盖[3]，

jú cán yóu yǒu ào shuāng zhī

菊残犹有傲霜枝。

yì nián hǎo jǐng jūn xū jì

一年好景君[4]须记，

zuì shì chéng huáng jú lǜ shí

最是橙黄橘绿[5]时。

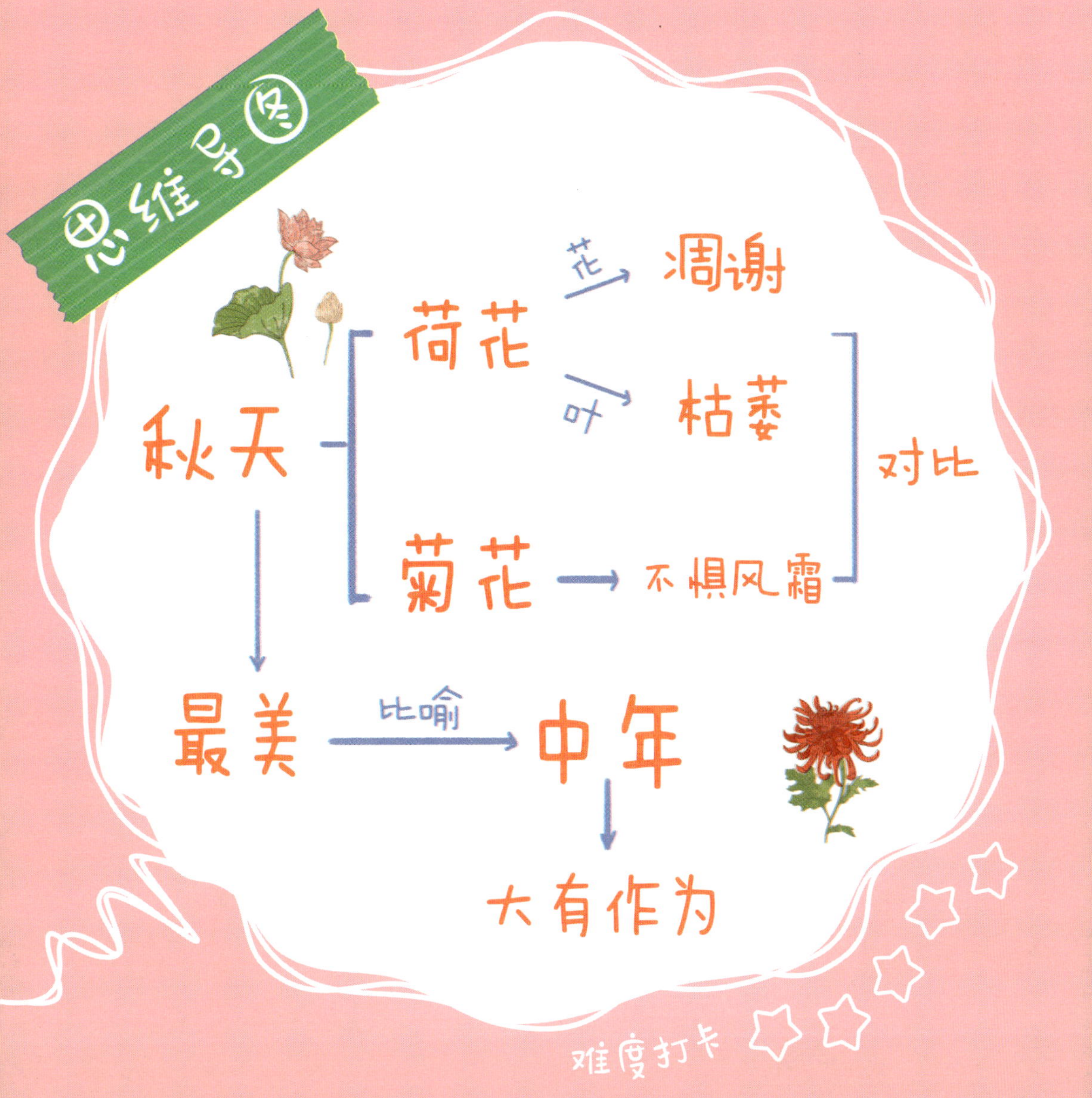


## 注释

① 刘景文：诗人的好朋友。

② 擎：举，向上托。

③ 雨盖：雨伞，诗中比喻荷叶舒展的样子。

④ 君：原指古代君王，后泛指对男子的敬称。

⑤ 橙黄橘绿：指橙子发黄、橘子将黄犹绿的时候，指农历秋末冬初。

## 译文

荷花凋谢，连那擎雨的荷叶也枯萎了，只有那开败了的菊花花枝还傲寒斗霜地挺立着。你一定要记住一年中最好的光景，就是橙子金黄、橘子青绿的秋末冬初的时节。

读完用时　　分钟

背诵用时　　分钟

wàng tiān mén shān
# 望天门山[1]

táng lǐ bái
唐·李白

tiān mén zhōng duàn chǔ jiāng kāi
天门中断[2]楚江[3]开[4]，

bì shuǐ dōng liú zhì cǐ huí
碧水东流至此回[5]。

liǎng àn qīng shān xiāng duì chū
两岸青山[6]相对出[7]，

gū fān yí piàn rì biān lái
孤帆一片日边来。

## 汉字学堂

duàn 断

chǔ 楚

àn 岸

zhì 至

fān 帆

gū 孤

难度打卡 ☆☆☆☆☆

### 注释

① 天门山：位于安徽省和县与芜湖市长江两岸，在江北的叫西梁山，在江南的叫东梁山（古代又称博望山）。两山隔江对峙，形同天设的门户，天门由此得名。

② 中断：江水从中间隔断两山。

③ 楚江：即长江。因为古代长江中游地带属楚国，所以叫楚江。

④ 开：劈开，断开。

⑤ 回：回旋，回转，改变方向。

⑥ 两岸青山：指东梁山和西梁山。

⑦ 出：突出，出现。

### 译文

楚江把天门山从中间冲开，碧水向东奔流到这里，又转向北流去。两岸高耸的青山隔着长江相峙而立，一叶孤舟从太阳升起的地方驶来。

读完用时　分钟

背诵用时　分钟

# 饮湖上初晴后雨（其二）

yǐn hú shàng chū qíng hòu yǔ (qí èr)

sòng sū shì
宋·苏轼

shuǐ guāng liàn yàn qíng fāng hǎo
水光潋滟①晴方好②，

shān sè kōng méng yǔ yì qí
山色空蒙③雨亦奇。

yù bǎ xī hú bǐ xī zǐ
欲把西湖比西子④，

dàn zhuāng nóng mǒ zǒng xiāng yí
淡妆浓抹总相宜⑤。

## 汉字学堂

chū 初

yǐn 饮

yì 亦

méng 蒙

yù 欲

yí 宜

hú 湖

mǒ 抹

难度打卡

### 注释

① 潋滟：水面波光闪动的样子。

② 方好：正显得很美。

③ 空蒙：细雨迷蒙的样子。

④ 西子：西施。春秋时越国有名的美女，居古代四大美女之首。

⑤ 相宜：显得十分美丽。

### 译文

晴天时，西湖的水面在阳光照耀下波光粼粼，显得美极了。下雨时，远处的山在烟雨的笼罩中时隐时现，这朦胧的景色显得十分奇妙。如果把西湖比作美人西施，那么淡妆也好，浓妆也罢，总能很好地烘托出她的天生丽质和迷人神韵。

读完用时　　分钟

背诵用时　　分钟

wàng dòng tíng

# 望洞庭①

táng liú yǔ xī

唐·刘禹锡

hú guāng qiū yuè liǎng xiāng hé

湖光秋月两相和②，

tán miàn wú fēng jìng wèi mó

潭面无风镜未磨。

yáo wàng dòng tíng shān shuǐ cuì

遥望洞庭山③水翠，

bái yín pán lǐ yì qīng luó

白银盘④里一青螺⑤。

## 汉字学堂

| | | | | | | |
|---|---|---|---|---|---|---|
| tíng | jìng | wèi | mó | pán | cuì | yín |
| 庭 | 镜 | 未 | 磨 | 盘 | 翠 | 银 |

难度打卡

### 注释

① 洞庭：湖名，在今湖南省北部。

② 和：和谐。指水色与月光互相辉映。

③ 山：指洞庭湖中的君山。

④ 白银盘：形容平静而又清澈的洞庭湖面。

⑤ 青螺：这里形容洞庭湖中的君山。

### 译文

月色下的洞庭湖水和秋月交相辉映，湖面风平浪静，就像未经磨拭的铜镜，平滑光亮。遥望洞庭，山青水绿。泛着银光的洞庭湖如同一个白银盘，而那青翠的君山就像放在白银盘里的一只青螺。

读完用时 分钟

背诵用时 分钟

# 所见

suǒ jiàn

清·袁枚

qīng yuán méi

mù tóng qí huáng niú
牧童骑黄牛，

gē shēng zhèn lín yuè
歌声振①林樾②。

yì yù bǔ míng chán
意欲③捕鸣蝉，

hū rán bì kǒu lì
忽然闭口立④。

## 思维导图

难度打卡

### 注释

① 振：回荡。说明牧童的歌声嘹亮。
② 林樾：指道旁成荫的树木。
③ 意欲：想要。
④ 立：站立。

### 译文

放牛的孩子骑在黄牛背上，嘹亮的歌声在树林间回荡。他忽然想要捕捉树上鸣叫的知了，于是马上停止唱歌，一声不响地站立在树旁。

读完用时 分钟

背诵用时 分钟

# 夜书所见

宋·叶绍翁

萧萧①梧叶送寒声，
江上秋风动客情②。
知有儿童挑③促织④，
夜深篱落⑤一灯明。

难度打卡

注释

① 萧萧：风声。指风吹动梧桐发出的声音。
② 客情：旅人思乡之情。
③ 挑：挑弄。
④ 促织：俗称蟋蟀，或蛐蛐。
⑤ 篱落：篱笆。

译文

萧瑟的秋风吹动梧桐树叶，送来阵阵寒意，江上秋风让旅客不禁思念起自己的家乡。看到远处篱笆下的一点灯火，料想是孩子们正在挑弄蟋蟀。

读完用时　分钟

背诵用时　分钟

zǎo fā bái dì chéng

# 早发白帝城[1]

táng lǐ bái

唐·李白

zhāo cí bái dì cǎi yún jiān

朝[2]辞[3]白帝彩云间，

qiān lǐ jiāng líng yí rì huán

千里江陵[4]一日还[5]。

liǎng àn yuán shēng tí bú zhù

两岸猿声啼不住，

qīng zhōu yǐ guò wàn chóng shān

轻舟已过万重山。

注释

① 白帝城：故址在今重庆市奉节县白帝山上。
② 朝：早晨。
③ 辞：告别。
④ 江陵：今湖北荆州市。
⑤ 一日还：一天就可以到达。

译文

清晨我告别高入云霄的白帝城，一天就能到达千里外的江陵。两岸猿声在耳边不停地啼叫，不知不觉轻舟已穿过万重青山。

读完用时　　分钟

背诵用时　　分钟

# cǎi lián qǔ
# 采莲曲

táng　wáng chāng líng
唐 · 王昌龄

hé yè luó qún yí sè cái
荷叶罗裙①一色裁②，

fú róng xiàng liǎn liǎng biān kāi
芙蓉③向脸两边开。

luàn rù chí zhōng kàn bú jiàn
乱入④池中看不见，

wén gē shǐ jué yǒu rén lái
闻歌⑤始觉⑤有人来。

## 汉字学堂

| | | | | | |
|---|---|---|---|---|---|
| qún | wén | líng | luàn | shǐ | jué |
| 裙 | 闻 | 龄 | 乱 | 始 | 觉 |

难度打卡

### 注释

① 罗裙：用细软而有疏孔的丝织品制成的裙子。

② 一色裁：用同一颜色的衣料剪裁而成。

③ 芙蓉：指荷花。

④ 乱入：混入。

⑤ 闻歌：听到歌声。

⑥ 始觉：才知道。

### 译文

采莲少女的绿罗裙融入荷叶中，仿佛是用同一种颜色的衣料裁剪的，少女的脸庞掩映在盛开的荷花间，相互映照。采莲少女混入莲池中不见了踪影，听到歌声四起才觉察到有人前来。

读完用时　　分钟

背诵用时　　分钟

jué jù èr shǒu qí yī

# 绝句二首（其一）

táng dù fǔ

唐·杜甫

chí rì jiāng shān lì
迟日[1]江山丽，

chūn fēng huā cǎo xiāng
春风花草香。

ní róng fēi yàn zǐ
泥融[2]飞燕子，

shā nuǎn shuì yuān yāng
沙暖睡鸳鸯[3]。

## 汉字学堂

| chí | xiāng | róng |
|---|---|---|
| 迟 | 香 | 融 |

| yàn | nuǎn | shuì |
|---|---|---|
| 燕 | 暖 | 睡 |

| yuān | yāng |
|---|---|
| 鸳 | 鸯 |

难度打卡 ☆☆☆☆☆

### 注释

① 迟日：指春天。

② 泥融：春日来临，冻泥融化。这里指泥土变湿软。

③ 鸳鸯：一种漂亮的水鸟。

### 译文

沐浴在春光里的江山显得格外秀丽多姿，春风送来花草的芳香。泥土湿润，燕子飞来飞去，忙着衔泥筑巢，暖和的沙滩上睡着成双成对的鸳鸯。

读完用时 分钟

背诵用时 分钟

huì chóng chūn jiāng wǎn jǐng

# 惠崇[1]春江晚景

sòng sū shì

宋 · 苏轼

zhú wài táo huā sān liǎng zhī

竹外桃花三两枝，

chūn jiāng shuǐ nuǎn yā xiān zhī

春江水暖鸭先知。

lóu hāo mǎn dì lú yá duǎn

蒌蒿[2]满地芦芽[3]短，

zhèng shì hé tún yù shàng shí

正是河豚[4]欲上[5]时。

## 汉字学堂

chóng 崇

huì 惠

lóu 蒌

lú 芦

hāo 蒿

yá 芽

tún 豚

duǎn 短

难度打卡

### 注释

① 惠崇：北宋名僧，能诗善画。这首诗是苏轼为惠崇的画作《春江晚景》所写的题画诗。

② 蒌蒿：一种生长在洼地的多年生草本植物，刚生时柔嫩香脆，可以吃。

③ 芦芽：芦苇的幼芽，可食用。

④ 河豚：鱼的一种，学名“鲀”，肉味鲜美，但是卵巢和肝脏有剧毒。

⑤ 上：指鱼逆江而上。

### 译文

竹林外盛放着两三枝桃花，水中嬉戏的鸭子最先察觉到初春江水回暖。河滩上长满了嫩绿的蒌蒿，芦苇也长出了短短的新芽，而此时河豚正要逆流而上，从大海回游到江河里来了。

sān qú dào zhōng

# 三衢道中[1]

sòng zēng jī

宋·曾几

méi zǐ huáng shí rì rì qíng

梅子黄时[2]日日晴，

xiǎo xī fàn jìn què shān xíng

小溪泛[3]尽却[4]山行。

lǜ yīn bù jiǎn lái shí lù

绿阴不减[5]来时路，

tiān dé huáng lí sì wǔ shēng

添得黄鹂四五声。

读完用时　　分钟

背诵用时　　分钟

## 注释

① 三衢道中：在去三衢州的道路上。三衢即衢州，今浙江省常山县。

② 梅子黄时：指五月梅子成熟的季节。

③ 泛：乘船。

④ 却：再。

⑤ 不减：没有少多少，差不多。

## 译文

梅子成熟的时候，天天都是晴朗的好天气，我乘着小舟沿着小溪而行，走到了小溪的尽头，再改走山路继续前行。山路上苍翠的树与来时一样浓郁，深林丛中传来几声黄鹂的鸣叫声，比来时更增添了些幽趣。

读完用时 分钟

背诵用时 分钟

# yuán rì<br>元 日①

sòng wáng ān shí<br>宋 · 王 安 石

bào zhú shēng zhōng yí suì chú<br>爆竹声中一岁除②，

chūn fēng sòng nuǎn rù tú sū<br>春风送暖入屠苏③。

qiān mén wàn hù tóng tóng rì<br>千门万户曈曈④日，

zǒng bǎ xīn táo huàn jiù fú<br>总把新桃⑤换旧符。

## 汉字学堂

| | | |
|---|---|---|
| bào 爆 | chú 除 | tú 屠 |
| sū 苏 | tóng 瞳 | xīn 新 |
| huàn 换 | fú 符 | |

难度打卡 ☆☆☆☆☆

### 注释

① 元日：农历正月初一。

② 一岁除：一年过去了。

③ 屠苏：屠苏酒。根据古时风俗，人们通常在元日饮用屠苏酒。

④ 曈曈：太阳刚出来时光辉灿烂的样子。

⑤ 新桃：新桃符。古时候每逢新年，家家户户都用两块桃木板子，画上两个神像，挂在大门上，据说可以驱除瘟疫。

### 译文

阵阵爆竹声中送走旧岁，迎来新年；人们迎着和煦的春风开怀地畅饮着新酿的屠苏酒。初升的太阳照耀着千家万户，人们都忙着把旧的桃符取下，换上新的桃符。

读完用时 分钟

背诵用时 分钟

# qīng míng
# 清 明①

táng dù mù
唐 · 杜 牧

qīng míng shí jié yǔ fēn fēn
清明时节雨纷纷②，

lù shàng xíng rén yù duàn hún
路上行人欲断魂③。

jiè wèn jiǔ jiā hé chù yǒu
借问④酒家何处有？

mù tóng yáo zhǐ xìng huā cūn
牧童遥指⑤杏花村。

## 汉字学堂

fēn 纷

hún 魂

jiè 借

mù 牧

jiǔ 酒

hé 何

xìng 杏

难度打卡

**注释**

① 清明：我国传统节日，有扫墓、踏青等习俗。

② 纷纷：形容多而杂乱。

③ 断魂：神情凄迷，情绪低落。

④ 借问：请问。

⑤ 遥指：远远地指着。

**译文**

清明节这一天细雨纷纷，路上的行人好像丢了魂一样愁苦凄凉。问一声牧童哪里有酒家，他指了指远处杏花深处的村庄。

读完用时 分钟

背诵用时 分钟

jiǔ yuè jiǔ rì yì shān dōng xiōng dì

# 九月九日①忆山东兄弟

táng wáng wéi

唐 · 王 维

dú zài yì xiāng wéi yì kè

独在异乡②为异客，

měi féng jiā jié bèi sī qīn

每逢佳节③倍思亲。

yáo zhī xiōng dì dēng gāo chù

遥知兄弟登高④处，

biàn chā zhū yú shǎo yì rén

遍插茱萸⑤少一人。

## 汉字学堂

| | | | | | | | |
|---|---|---|---|---|---|---|---|
| dú | yì | féng | bèi | jiā | chā | biàn | dēng |
| 独 | 异 | 逢 | 倍 | 佳 | 插 | 遍 | 登 |

难度打卡 ☆☆☆☆☆☆

## 注释

① 九月九日：指农历九月初九重阳节。
② 异乡：他乡。
③ 佳节：美好的节日。
④ 登高：古时有重阳节登高的风俗。
⑤ 茱萸：一种香草，古时人们认为重阳节插戴茱萸可以避灾克邪。

## 译文

独自远离家乡在异乡做客，每到重阳佳节倍加思念远方的亲人。遥想家乡的兄弟在今天登高望远时，大家插满茱萸却少了我一个人。

读完用时　　分钟

背诵用时　　分钟

yì jiāng nán
# 忆江南①

táng bái jū yì
唐·白居易

jiāng nán hǎo, fēng jǐng jiù céng ān
江南好，风景旧曾谙②。

rì chū jiāng huā hóng shèng huǒ
日出江花③红胜火，

chūn lái jiāng shuǐ lǜ rú lán
春来江水绿如④蓝⑤。

néng bú yì jiāng nán
能不忆江南？

## 汉字学堂

yì 忆　céng 曾　ān 谙

jiāng 江　shèng 胜　rú 如

lán 蓝　néng 能

难度打卡 ☆☆☆☆☆

### 注释

① 忆江南：本为唐教坊曲名，后为词牌名。
② 谙：熟悉。
③ 江花：江边的花朵。
④ 如：胜过。
⑤ 蓝：蓝草，其叶可制青绿染料。

### 译文

江南是个好地方啊，那里的风景我曾经很熟悉。春天的时候，太阳从江面升起，把江花照得比火还红，春天的江水绿得像蓝草一样。怎能叫人不怀念江南呢？

# 滁州西涧①

chú zhōu xī jiàn

唐·韦应物

táng wéi yìng wù

dú lián yōu cǎo jiàn biān shēng

独怜②幽草涧边生，

shàng yǒu huáng lí shēn shù míng

上有黄鹂深树③鸣。

chūn cháo dài yǔ wǎn lái jí

春潮带雨晚来急，

yě dù wú rén zhōu zì héng

野渡④无人舟自横⑤。

读完用时 分钟

背诵用时 分钟

**注释**

① 滁州：在今安徽滁州以西。
② 独怜：唯独喜欢。
③ 深树：枝叶茂密的树。
④ 野渡：郊野的渡口。
⑤ 横：指随意漂浮。

**译文**

我唯独喜欢生长在涧边的幽幽野草，上面有黄鹂在树丛深处啼叫。春天的潮水伴着夜雨急急地涌来，郊野渡口无人，只有一只小船随意地漂浮在水面上。

dà lín sì táo huā
# 大林寺①桃花

táng bái jū yì
唐 · 白居易

读完用时 分钟

背诵用时 分钟

rén jiān sì yuè fāng fēi jìn
人间四月芳菲②尽③，

shān sì táo huā shǐ shèng kāi
山寺桃花始④盛开。

cháng hèn chūn guī wú mì chù
长恨⑤春归无觅⑥处，

bù zhī zhuǎn rù cǐ zhōng lái
不知⑦转入此中来。

## 思维导图

难度打卡

### 注释

① 大林寺：在庐山香炉峰顶。
② 芳菲：泛指花。
③ 尽：凋谢。
④ 始：才，刚刚。
⑤ 长恨：常常惋惜。
⑥ 觅：寻觅。
⑦ 不知：想不到。

### 译文

四月时，庐山脚下的百花已经凋零殆尽，而山上大林寺中的桃花竟才刚刚盛开。我常常为春天的逝去，为其无处寻觅而惋惜，没想到它反倒藏在这深山古寺之中了。

读完用时 分钟

背诵用时 分钟

# 江畔独步寻花（其六）

jiāng pàn dú bù xún huā qí liù

唐·杜甫

táng dù fǔ

huáng sì niáng jiā huā mǎn xī
黄四娘①家花满蹊②，

qiān duǒ wàn duǒ yā zhī dī
千朵万朵压枝低。

liú lián xì dié shí shí wǔ
留连③戏蝶时时舞，

zì zài jiāo yīng qià qià tí
自在娇莺恰恰④啼。

## 汉字学堂

niáng 娘

pàn 畔

xī 蹊

jiāo 娇

liú 留

yīng 莺

qià 恰

tí 啼

难度打卡

### 注释

① 黄四娘：杜甫住成都草堂时的邻居。娘，唐代对妇女的美称。

② 蹊：小路。

③ 留连：即留恋，舍不得离去。

④ 恰恰：象声词，形容莺啼叫的声音。

### 译文

黄四娘家的小路上开满了鲜花，千万朵花儿将枝条压得很低。嬉闹的彩蝶恋恋不舍地盘旋飞舞，自由自在的黄莺欢快地啼叫着。

读完用时　　分钟

背诵用时　　分钟

mù jiāng yín

# 暮江吟[1]

táng　bái jū yì

唐·白居易

yí dào cán yáng pū shuǐ zhōng

一道残阳[2]铺水中，

bàn jiāng sè sè bàn jiāng hóng

半江瑟瑟[3]半江红。

kě lián jiǔ yuè chū sān yè

可怜[4]九月初三[5]夜，

lù sì zhēn zhū yuè sì gōng

露似真珠[6]月似弓[7]。

注释

① 吟：古代诗歌体裁的一种。

② 残阳：傍晚太阳的余晖。

③ 瑟瑟：碧绿色。

④ 可怜：可爱。

⑤ 九月初三：即农历九月初三。

⑥ 真珠：即珍珠。

⑦ 月似弓：农历九月初三属上弦月，此时月亮的形状像弯弓。

译文

夕阳的余晖铺洒在江面上，江水一半呈现出深深的碧绿色，一半呈现出鲜艳的红色。最可爱的是九月初三那夜，露珠像颗颗珍珠般晶莹透亮，夜空上的新月形如弯弓。

读完用时 分钟

背诵用时 分钟

# 题西林壁①

宋·苏轼

横看②成岭侧③成峰，
远近高低各不同。
不识庐山真面目④，
只缘⑤身在此山中。

## 汉字学堂

bì 壁

tí 题

héng 横

cè 侧

fēng 峰

yuán 缘

lǐng 岭

难度打卡 ☆☆☆☆☆

### 注释

① 题西林壁：写在西林寺的墙壁上。西林寺在庐山西麓。

② 横看：从正面看。

③ 侧：从侧面看。

④ 真面目：指庐山真实的景色。

⑤ 缘：因为，由于。

### 译文

从正面看庐山，山岭连绵起伏；从侧面看，山峰耸立。从远处、近处、高处、低处看，庐山呈现不同的样子。人们之所以辨不清庐山真正的面目，是因为我们身在庐山之中。

# 雪梅（其一）

宋·卢钺

梅雪争春未肯降[1]，
骚人[2]阁[3]笔费评章[4]。
梅须逊[5]雪三分白，
雪却输梅一段香。

## 注释

① 降：服输。

② 骚人：诗人。

③ 阁：同“搁”，放下。

④ 评章：评议。这里指评议梅与雪的高下。

⑤ 逊：不如，比不上。

## 译文

梅花和雪花都认为各自占尽了春色，谁也不肯服输。文人骚客难以评论高下，只得搁笔好好思量。梅花须逊让雪花三分晶莹洁白，雪花却输给梅花一段清香。

读完用时 分钟

背诵用时 分钟

# chū sài
# 出塞

táng wáng chāng líng
唐 · 王昌龄

qín shí míng yuè hàn shí guān
秦时明月汉时关①，

wàn lǐ cháng zhēng rén wèi huán
万里长征人未还。

dàn shǐ lóng chéng fēi jiàng zài
但使②龙城飞将③在，

bú jiào hú mǎ dù yīn shān
不教④胡马⑤度⑥阴山。

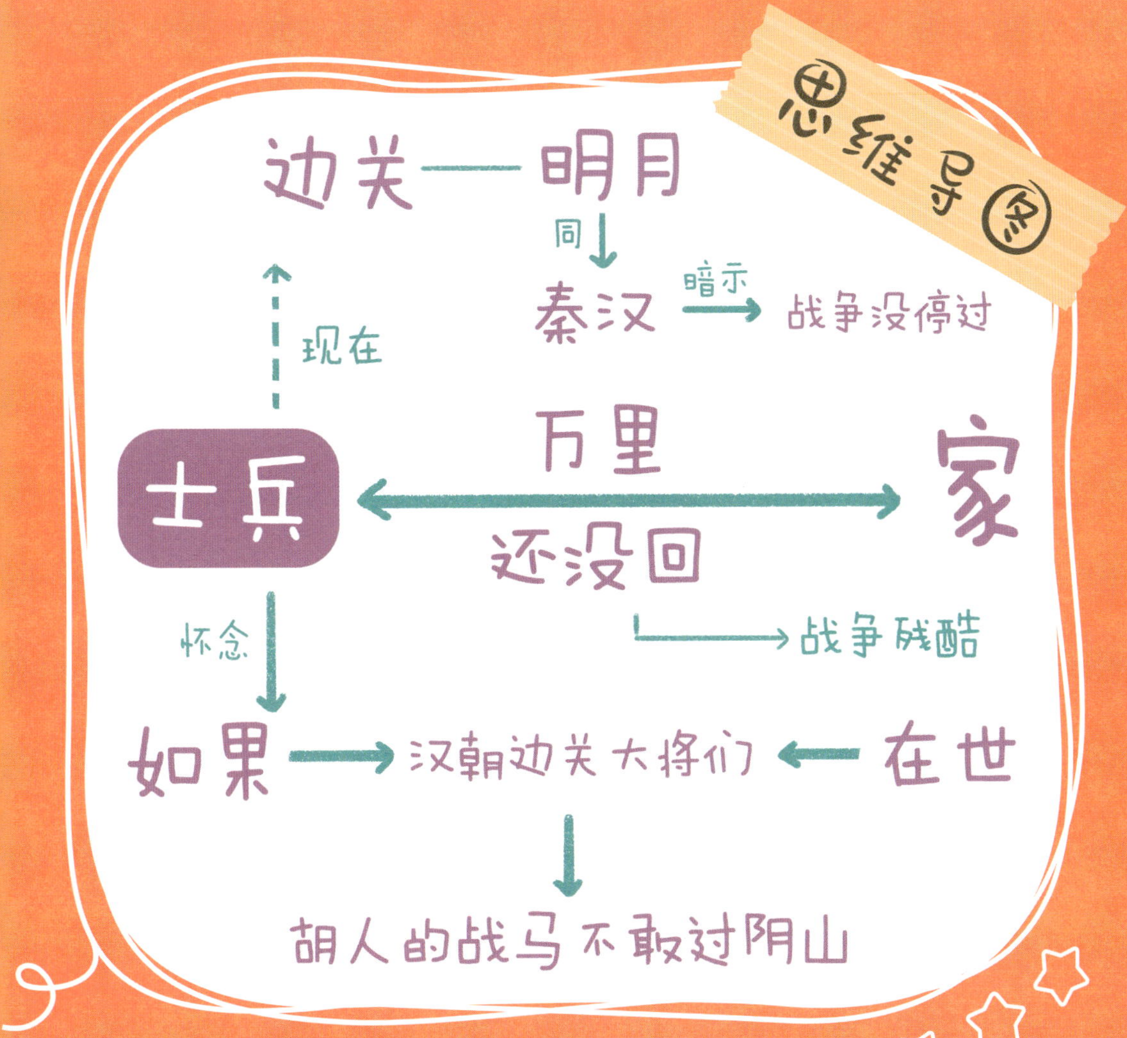


难度打卡

**注释**

① 关：关口，关隘。
② 但使：只要。
③ 飞将：汉朝名将李广。这里泛指英勇善战的将领。
④ 教：令，使。
⑤ 胡马：指侵扰内地的北方游牧民族骑兵。
⑥ 度：越过。

**译文**

依旧是秦汉时的明月和边关，离家万里征战的士兵仍然没有回来。只要有像李广一样的将军守卫着这里，那就绝不会让胡人的兵马越过阴山。

读完用时　　分钟

背诵用时　　分钟

# 凉州词①
liáng zhōu cí

唐·王翰
táng wáng hàn

pú táo měi jiǔ yè guāng bēi
葡萄美酒夜光杯②，

yù yǐn pí pá mǎ shàng cuī
欲③饮琵琶马上催。

zuì wò shā chǎng jūn mò xiào
醉卧沙场④君⑤莫笑，

gǔ lái zhēng zhàn jǐ rén huí
古来征战几人回？

## 汉字学堂

| | | |
|---|---|---|
| bēi 杯 | cí 词 | cuī 催 |
| pí 琵 | pá 琶 | zuì 醉 |
| mò 莫 | zhēng 征 | |

难度打卡 ☆☆☆☆☆

### 注释

① 凉州词：唐乐府名。

② 夜光杯：用白玉制成、夜间能发光的酒杯，这里指华贵而精美的酒杯。

③ 欲：将要。

④ 沙场：古时多指战场。

⑤ 君：你。

### 译文

甘醇的葡萄美酒盛满在精美的夜光杯中，正要畅饮的时候，歌伎们弹奏起急促欢快的琵琶声，仿佛是催促我快快奔赴沙场。如果我醉倒在战场上，请你们不要见笑。自古男儿出征又有几人活着回来呢？

读完用时　　分钟

背诵用时　　分钟

# 夏日绝句
xià rì jué jù

sòng　lǐ qīng zhào
宋·李清照

shēng dāng zuò rén jié
生当作人杰①，

sǐ yì wéi guǐ xióng
死亦为鬼雄②。

zhì jīn sī xiàng yǔ
至今思项羽③，

bù kěn guò jiāng dōng
不肯过江东④。

## 注释

① 人杰：人中的俊杰。

② 鬼雄：鬼中的英雄。

③ 项羽：秦朝末年的起义军领袖，后来与刘邦争夺天下，失败自杀。

④ 江东：指长江下游一带，项羽起兵反秦的地方。

## 译文

活着就要当人中的俊杰，死了也要做鬼中的英雄。人们到现在还怀念着项羽，只因他不肯偷生回到江东。

读完用时　　分钟

背诵用时　　分钟

lù zhài

# 鹿柴①

táng wáng wéi

唐·王维

kōng shān bú jiàn rén

空山不见人，

dàn wén rén yǔ xiǎng

但②闻人语响。

fǎn yǐng rù shēn lín

返景③入深林，

fù zhào qīng tái shàng

复照青苔上。

## 思维导图

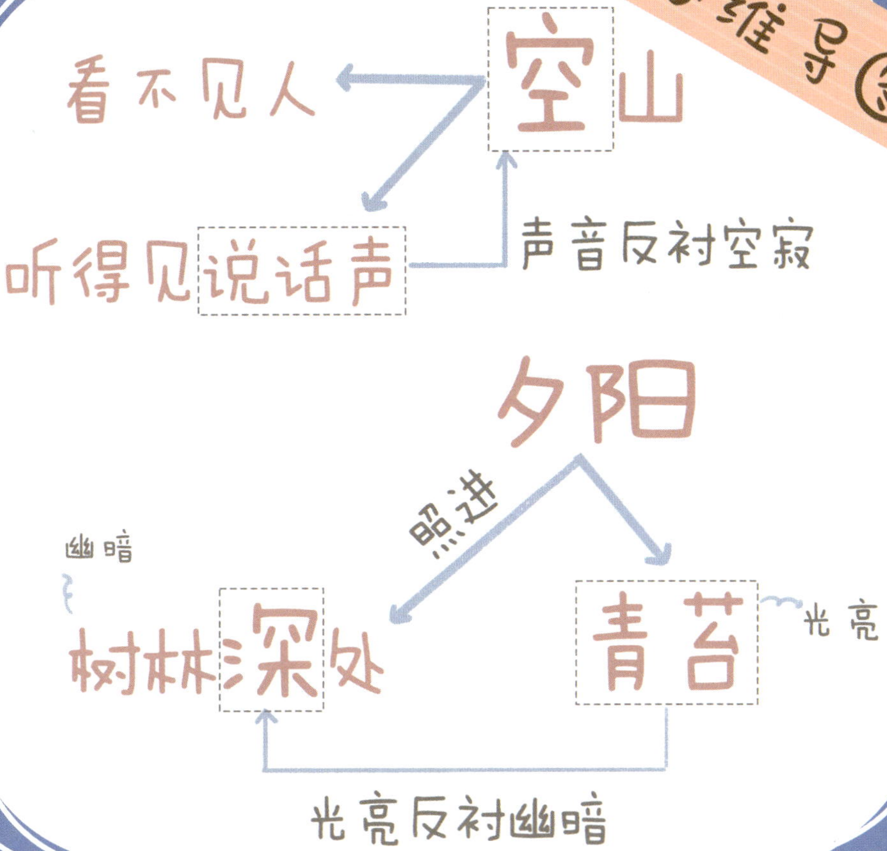


难度打卡

### 注释

① 鹿柴：“柴”同“寨”，栅栏。鹿柴是王维在辋川半隐居生活时所居住的一所别墅（在今陕西省蓝田县西南）。

② 但：只。

③ 返景：夕阳通过云彩反射的光。“景”古时同“影”。

### 译文

幽静的山林里看不见人的踪影，只能听到有人说话的声音。夕阳返照的光芒射到了树林深处，又复照在了青苔上。

读完用时　　分钟

背诵用时　　分钟

# 嫦娥①
cháng é

táng　lǐ shāng yǐn
唐·李商隐

yún mǔ píng fēng zhú yǐng shēn
云母屏风烛影深②，

cháng hé jiàn luò xiǎo xīng chén
长河③渐落晓星④沉。

cháng é yīng huǐ tōu líng yào
嫦娥应悔偷灵药⑤，

bì hǎi qīng tiān yè yè xīn
碧海青天夜夜心。

注释

① 嫦娥：古代神话中的月宫仙女。
② 深：暗淡。
③ 长河：指银河。
④ 晓星：指晨星，清晨时出现在东方。
⑤ 灵药：指长生不老药。

译文

云母屏风上倒映着一层暗淡的烛影，银河逐渐落下，晨星也已下沉。嫦娥想必悔恨当初偷吃了长生不老药，如今只能在碧海青天上，夜夜守着孤独的心。

读完用时　　分钟

背诵用时　　分钟

bié dǒng dà
# 别董大[1]

táng gāo shì
唐 · 高适

qiān lǐ huáng yún bái rì xūn
千里黄云[2]白日曛[3]，

běi fēng chuī yàn xuě fēn fēn
北风吹雁雪纷纷。

mò chóu qián lù wú zhī jǐ
莫愁前路无知己，

tiān xià shuí rén bù shí jūn
天下谁人不识君[4]？

注释

① 董大：唐玄宗时著名的琴师董庭兰。

② 黄云：乌云被阳光照射后呈现暗黄色，所以被称为“黄云”。

③ 白日曛：太阳暗淡无光。曛，形容光色昏暗。

④ 君：指董大。

译文

满天阴沉沉的云，太阳也变得昏暗，北风呼啸，大雁在纷飞的雪花中向南飞去。不要担心新去的地方没有朋友，天下还有谁不知道你呢？

读完用时 分钟

背诵用时 分钟

# sì shí tián yuán zá xìng qí èr shí wǔ
# 四时田园杂兴①（其二十五）

sòng fàn chéng dà
宋·范成大

méi zǐ jīn huáng xìng zǐ féi
梅子金黄杏子肥，

mài huā xuě bái cài huā xī
麦花②雪白菜花③稀。

rì cháng lí luò wú rén guò
日长篱落④无人过，

wéi yǒu qīng tíng jiá dié fēi
惟⑤有蜻蜓蛱蝶飞。

## 汉字学堂

xī 稀

zá 杂

qīng 蜻

lí 篱

tíng 蜓

dié 蝶

难度打卡

### 注释

① 杂兴：随兴而写的诗。

② 麦花：指麦穗花，花是白色的。

③ 菜花：指油菜花。

④ 篱落：篱笆。

⑤ 惟：通“唯”。

### 译文

初夏正是梅子金黄、杏子肥的时节，麦穗花一片雪白，油菜花差不多落尽了，显得稀稀落落。白天变长了，篱笆旁边无人经过，只有蜻蜓和蝴蝶在款款飞舞。

读完用时 分钟

背诵用时 分钟

# 宿新市徐公店
sù xīn shì xú gōng diàn

宋·杨万里
sòng yáng wàn lǐ

lí luò shū shū yí jìng shēn
篱落①疏疏一径②深，

shù tóu xīn lǜ wèi chéng yīn
树头新绿未成阴③。

ér tóng jí zǒu zhuī huáng dié
儿童急走追黄蝶，

fēi rù cài huā wú chù xún
飞入菜花无处寻。

**注释**

① 篱落：篱笆。
② 径：小路。
③ 阴：树荫。

**译文**

在稀稀落落的篱笆旁边，有一条小路延伸到远方，路旁的树木刚长出嫩绿的枝叶，还没有形成浓密的绿荫。一个小孩奔跑着追赶一只黄蝴蝶，可蝴蝶飞入了菜花丛中，再也找不到了。

读完用时　　分钟

背诵用时　　分钟

qīng píng yuè cūn jū
# 清平乐[1]·村居

sòng xīn qì jí
宋·辛弃疾

máo yán dī xiǎo, xī shàng qīng qīng cǎo. zuì lǐ wú
茅檐[2]低小，溪上青青草。醉里吴

yīn xiāng mèi hǎo, bái fà shuí jiā wēng ǎo? dà ér
音[3]相媚好[4]，白发谁家翁媪[5]？　大儿

chú dòu xī dōng, zhōng ér zhèng zhī jī lóng. zuì xǐ xiǎo ér
锄豆溪东，中儿正织鸡笼。最喜小儿

wú lài, xī tóu wò bō lián péng.
亡赖[6]，溪头卧[7]剥莲蓬。

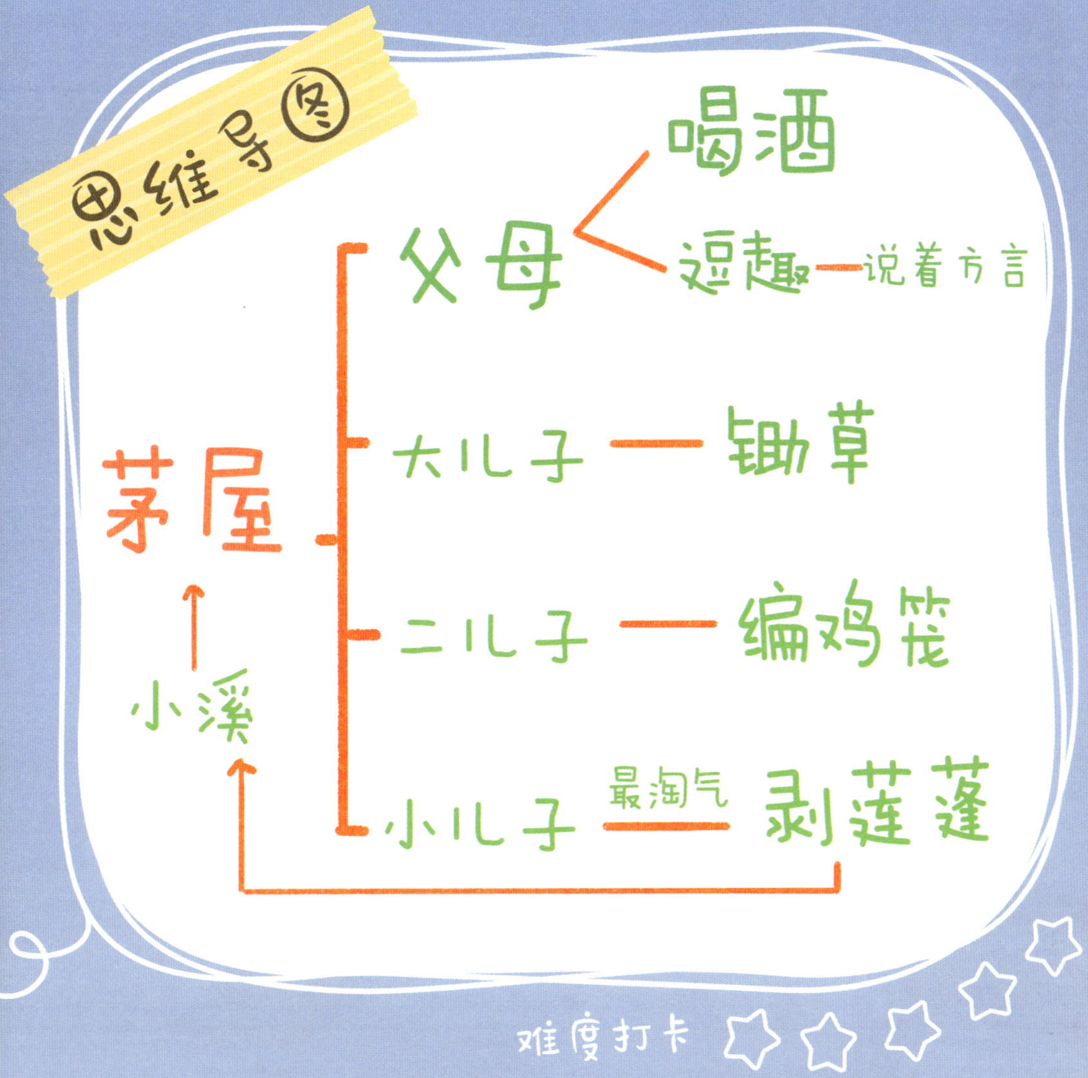


注释

① 清平乐：词牌名。
② 茅檐：茅屋的屋檐。
③ 吴音：吴地的方言。
④ 相媚好：指相互逗趣、取乐。
⑤ 翁媪：老翁和老妇。
⑥ 亡赖：同“无赖”。这里指淘气、顽皮。亡通“无”。
⑦ 卧：趴。

译文

草屋的茅檐又矮又小，溪边长满了青青的小草。这是谁家的老公公、老婆婆正乘着酒意用吴地的方言相互逗趣呢？大儿子在溪东边的豆田里锄草，二儿子正忙着编织鸡笼。最令人喜爱的是顽皮的小儿子，他正趴在溪头的草丛，剥着刚摘下的莲蓬吃。

读完用时 分钟

背诵用时 分钟

# fú róng lóu sòng xīn jiàn
# 芙蓉楼①送辛渐②

táng wáng chāng líng
唐 · 王昌龄

hán yǔ lián jiāng yè rù wú
寒雨连江夜入吴③，

píng míng sòng kè chǔ shān gū
平明④送客楚山⑤孤。

luò yáng qīn yǒu rú xiāng wèn
洛阳亲友如相问，

yí piàn bīng xīn zài yù hú
一片冰心⑥在玉壶。

## 注释

① 芙蓉楼：原名西北楼，在润州（今江苏省镇江市）西北。

② 辛渐：辛渐是诗人的一位朋友。

③ 吴：古代国名，这里泛指江苏南部、浙江北部一带。

④ 平明：指天亮的时候。

⑤ 楚山：楚地的山。

⑥ 冰心：比喻纯洁的心。

## 译文

冷雨连夜遍洒吴地江天，清晨送走你后，连朦胧的楚山也显得孤单！如果洛阳亲友问起我来，请转告他们，我的心依然像玉壶里的冰那样晶莹纯洁！

读完用时　　分钟

背诵用时　　分钟

# sài xià qǔ　qí sān
# 塞下曲①（其三）

táng　lú lún
唐 · 卢纶

yuè hēi yàn fēi gāo
月黑②雁飞高，

chán yú yè dùn táo
单于③夜遁④逃。

yù jiāng qīng qí zhú
欲将⑤轻骑⑥逐⑦，

dà xuě mǎn gōng dāo
大雪满弓刀。

## 汉字学堂

sài 塞

yàn 雁

chán 单

dùn 遁

jiāng 将

qí 骑

zhú 逐

难度打卡

### 注释

① 塞下曲：为乐府旧题，内容多写边塞战争。
② 月黑：没有月亮的夜晚。
③ 单于：古时匈奴最高统治者，这里代指入侵者的最高统帅。
④ 遁：逃走。
⑤ 将：率领。
⑥ 轻骑：轻装骑兵。
⑦ 逐：追赶。

### 译文

在没有月光的漆黑、安静的夜晚，雁群飞得很高，敌人趁黑夜悄悄地窜逃。将军正要带领轻骑兵去追赶，大雪纷飞，刹那间弓刀上就落满了雪花。

读完用时 分钟

背诵用时 分钟

# mò méi
# 墨梅①

yuán wáng miǎn
元·王冕

wǒ jiā xǐ yàn chí tóu shù
我家洗砚池②头树，

duǒ duǒ huā kāi dàn mò hén
朵朵花开淡墨痕③。

bú yào rén kuā hǎo yán sè
不要人夸好颜色，

zhǐ liú qīng qì mǎn qián kūn
只留清气④满乾坤⑤。

## 汉字学堂

| xǐ | mò | yàn | hén | dàn | qián | kūn | kuā |
|---|---|---|---|---|---|---|---|
| 洗 | 墨 | 砚 | 痕 | 淡 | 乾 | 坤 | 夸 |

难度打卡

### 注释

① 墨梅：用墨笔勾勒出来的梅花。

② 洗砚池：写字、画画后洗笔洗砚的池子。

③ 痕：痕迹。

④ 清气：清香的气味。这里指纯洁的人品、高尚的节操。

⑤ 乾坤：天地间。

### 译文

我家洗砚池旁边有一棵梅树，树上开的梅花朵朵都带着淡淡的墨痕。它不用别人夸它颜色美丽，只要将清香之气留在天地之间。

读完用时 分钟

背诵用时 分钟

# 江畔独步寻花（其五）

jiāng pàn dú bù xún huā qí wǔ

唐·杜甫

táng dù fǔ

huáng shī tǎ qián jiāng shuǐ dōng
黄师塔①前江水东，

chūn guāng lǎn kùn yǐ wēi fēng
春光懒困倚微风。

táo huā yí cù kāi wú zhǔ
桃花一簇②开无主③，

kě ài shēn hóng ài qiǎn hóng
可④爱深红爱浅红？

## 思维导图

难度打卡

### 注释

① 黄师塔：一位黄姓僧人的墓地。

② 一簇：一丛。

③ 无主：没有主人。

④ 可：究竟。

### 译文

黄师塔前那一江的碧波春水滚滚向东流去，温暖的春天使人困倦，只想倚着春风小憩。桃花一丛丛地开着，不知道主人是谁，究竟是深红色还是浅红色更让人喜爱呢？

读完用时　分钟

背诵用时　分钟

fēng
# 蜂

táng　luó yǐn
唐·罗隐

bú lùn píng dì yǔ shān jiān
不论平地与山尖①，

wú xiàn fēng guāng jìn bèi zhàn
无限风光②尽被占③。

cǎi dé bǎi huā chéng mì hòu
采④得百花成蜜后，

wèi shuí xīn kǔ wèi shuí tián
为谁辛苦为谁甜？

## 注释

① 山尖：山峰。

② 无限风光：极其美好的风景。

③ 占：占有。

④ 采：指采取蜂蜜。

## 译文

无论是在平地，还是在山峰，极其美好的风景都被蜜蜂占有。蜜蜂啊，你采尽百花酿成了花蜜，到底为谁付出辛苦，又想让谁品尝香甜？

读完用时　　分钟

背诵用时　　分钟

dú zuò jìng tíng shān

# 独坐敬亭山①

táng lǐ bái

唐·李白

zhòng niǎo gāo fēi jìn

众鸟高飞尽②，

gū yún dú qù xián

孤云独去闲③。

xiāng kàn liǎng bú yàn

相看两不厌④，

zhǐ yǒu jìng tíng shān

只有敬亭山。

## 汉字学堂

zhòng 众

jìng 敬

tíng 亭

xián 闲

jìn 尽

yàn 厌

难度打卡

### 注释

① 敬亭山：在今安徽宣城市北。

② 尽：没有了。

③ 闲：形容云彩飘来飘去、悠闲自在的样子。

④ 厌：满足。

### 译文

群鸟一只只高飞远去，天空中最后一片云也悠闲地飘走了。与我相互看着却总也看不厌的，大概只有眼前这座敬亭山了。

读完用时　　分钟

背诵用时　　分钟

# shì ér
# 示儿①

sòng lù yóu
宋·陆游

sǐ qù yuán zhī wàn shì kōng
死去元②知万事空，

dàn bēi bú jiàn jiǔ zhōu tóng
但悲不见九州③同。

wáng shī běi dìng zhōng yuán rì
王师④北定中原日，

jiā jì wú wàng gào nǎi wēng
家祭无忘告乃翁⑤。

## 思维导图

亲爱的孩子：

我知道人死后就没有牵挂了

但是

**国家还没统一**

**我感到悲伤**

**临终前** 我把这个希望寄托给后代了

你们记住 **国家统一的时候**

一定要到坟前告诉我

难度打卡 ☆☆☆☆☆

**注释**

① 示儿：给儿子看。这首诗是陆游临终前写给儿子的。

② 元：同“原”，本来。

③ 九州：古代中国曾分为九个州，这里代指全国。

④ 王师：指南宋朝廷的军队。

⑤ 乃翁：你们的父亲。

**译文**

原本知道人死去之后就什么也没有了，只是感到悲伤，没能见到国家统一。在大宋军队收复了中原失地的那一天，你们举行家祭时不要忘了告诉我！

读完用时　　分钟

背诵用时　　分钟

tí lín ān dǐ

# 题临安邸①②

sòng lín shēng

宋 · 林 升

shān wài qīng shān lóu wài lóu

山外青山楼外楼，

xī hú gē wǔ jǐ shí xiū

西湖歌舞几时休③？

nuǎn fēng xūn dé yóu rén zuì

暖风熏④得游人醉，

zhí bǎ háng zhōu zuò biàn zhōu

直⑤把杭州作汴州⑥。

## 汉字学堂

wǔ 舞

lín 临

xiū 休

háng 杭

xūn 熏

biàn 汴

难度打卡

### 注释

① 临安：现在的浙江杭州市，金人攻陷北宋首都汴京后，统治者逃亡到南方，建都于临安。

② 邸：旅店。

③ 休：停止。

④ 熏：吹。

⑤ 直：简直。

⑥ 汴州：即汴京，今河南开封。

### 译文

西湖四周青山绵延，楼阁望不见头，湖面游船上的歌舞几时才能停休？温暖馥郁的香风把人吹得醉醺醺的，他们简直把杭州当成了汴州。

读完用时　　分钟

背诵用时　　分钟

jǐ hài zá shī

# 己亥杂诗

qīng gōng zì zhēn

清·龚自珍

jiǔ zhōu shēng qì shì fēng léi

九州[1]生气[2]恃[3]风雷，

wàn mǎ qí yīn jiū kě āi

万马齐喑[4]究可哀。

wǒ quàn tiān gōng chóng dǒu sǒu

我劝天公[5]重抖擞[6]，

bù jū yì gé jiàng rén cái

不拘一格降人才[7]。

## 汉字学堂

- shì 恃
- hài 亥
- yīn 喑
- āi 哀
- quàn 劝
- jū 拘
- dǒu 抖
- sǒu 擞

难度打卡

### 注释

① 九州：古代中国人将全国划分为九个区域，后“九州”成为中国的别称之一。
② 生气：指朝气蓬勃的局面。
③ 恃：依靠。
④ 喑：沉默。
⑤ 天公：造物主，这里指皇帝。
⑥ 抖擞：振作精神。
⑦ 降人才：选用人才。

### 译文

只有依靠狂雷炸响般的巨大力量才能使中国大地焕发勃勃生机，然而朝野臣民噤口不言终究是一种悲哀。我奉劝皇上能重新振作精神，不要拘守一定规格，选拔更多的人才。

读完用时　分钟

背诵用时　分钟

# 山居秋暝[1]

shān jū qiū míng

táng wáng wéi
唐·王维

kōng shān xīn yǔ hòu, tiān qì wǎn lái qiū.
空山新雨后，天气晚来秋。

míng yuè sōng jiān zhào, qīng quán shí shàng liú.
明月松间照，清泉石上流。

zhú xuān guī huàn nǚ, lián dòng xià yú zhōu.
竹喧[2]归浣女[3]，莲动下渔舟。

suí yì chūn fāng xiē, wáng sūn zì kě liú.
随意[4]春芳歇[5]，王孙[6]自可留[7]。

难度打卡

## 注释

① 暝：日落时分，天色将晚。
② 喧：喧闹。
③ 浣女：洗衣服的女子。
④ 随意：任凭。
⑤ 歇：消散，消失。
⑥ 王孙：原指贵族子弟，此处指诗人自己，后来也泛指隐居的人。
⑦ 留：居住。

## 译文

新雨过后，山谷里空旷清新，初秋傍晚的天气特别凉爽。明月映照着幽静的松林，清澈的泉水在山石上淙淙淌流。竹林中少女嬉笑着洗衣归来，渔船顺流而下，搅动了一片片莲叶。任凭春天的美景消散，眼前的秋景足以让人流连向往。

读完用时 分钟

背诵用时 分钟

# fēng qiáo yè bó<br>枫桥①夜泊

táng zhāng jì<br>唐 · 张 继

yuè luò wū tí shuāng mǎn tiān<br>
月落乌啼②霜满天③，

jiāng fēng yú huǒ duì chóu mián<br>
江枫④渔火对愁眠。

gū sū chéng wài hán shān sì<br>
姑苏⑤城外寒山寺⑥，

yè bàn zhōng shēng dào kè chuán<br>
夜半钟声⑦到客船。

## 思维导图

难度打卡

### 注释

① 枫桥：在今苏州市阊门外。
② 乌啼：乌鸦啼叫。
③ 霜满天：秋霜洒满江天。
④ 江枫：一般解释为江边的枫树。
⑤ 姑苏：苏州的别称，因城西南有姑苏山而得名。
⑥ 寒山寺：在枫桥附近，始建于南朝梁代。
⑦ 夜半钟声：当时佛寺有半夜敲钟的习惯，也叫“无常钟”或“分夜钟”。

### 译文

残月西沉，乌鸦啼叫，秋霜满天，对着江边枫树与渔火忧愁难眠。姑苏城外那清冷的寒山古寺，半夜里敲响的钟声传到了客船上。

读完用时 分钟

背诵用时 分钟

# 长相思

清·纳兰性德

山一程①，水一程，身向榆关②那畔③行，夜深千帐灯。
风一更④，雪一更，聒⑤碎乡心梦不成，故园无此声。

**注释**

① 程：道路，路程。山一程，水一程，即山长水远。

② 榆关：山海关，在今河北秦皇岛东北。

③ 那畔：即山海关的另一边，指身处关外。

④ 更：旧时一夜分五更，每更大约两小时。

⑤ 聒：声音嘈杂，这里指风雪声。

**译文**

跋山涉水走过一程又一程，将士们马不停蹄地朝山海关进发。夜深了，千万顶帐篷里灯火辉煌。帐篷外风雪交加，阵阵风雪声搅得人无法入睡，相隔千里的家乡没有这样的声音。

读完用时　　分钟

背诵用时　　分钟

# 蝉

唐·虞世南

垂绥①饮清露②，
流响③出疏桐④。
居高⑤声自远，
非是藉⑥秋风。

## 思维导图

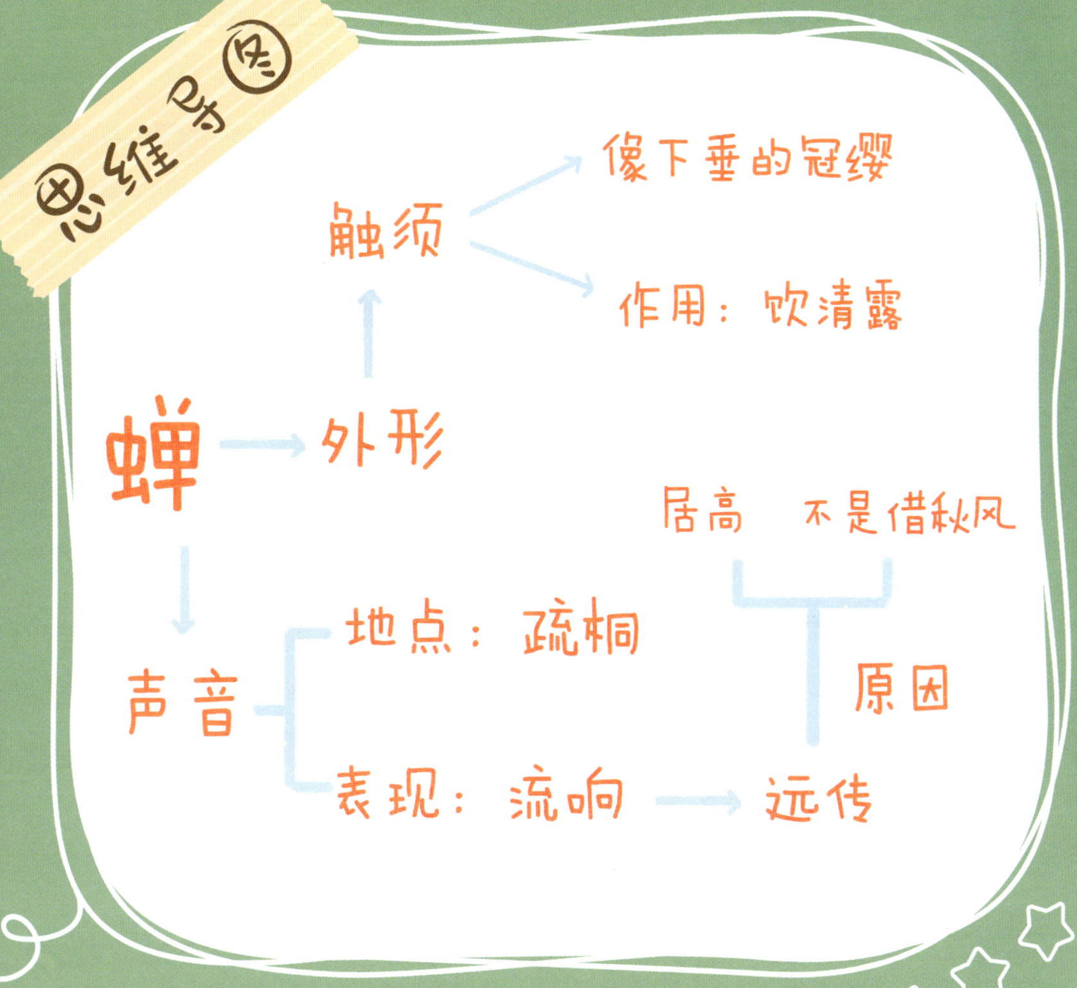


难度打卡 ☆☆☆☆☆

**注释**

① 垂緌：緌，古代官帽打结下垂的部分。蝉的头部有伸出的触须，形状好像下垂的冠缨，故说“垂緌”。

② 饮清露：清露，清纯的露水。古人认为蝉生性高洁，栖高饮露，其实蝉是在刺吸植物的汁液。

③ 流响：传播响声，这里指连绵不断的蝉鸣声。流，发出。

④ 疏桐：繁茂而枝干分披的梧桐。疏，扶疏。

⑤ 居高：指栖息在高处，语意双关。

⑥ 藉：凭借、依赖。

**译文**

蝉垂下像帽缨一样的触角吮吸着甘甜的露水，清脆响亮的鸣叫声从繁茂的梧桐树枝间不断传出。蝉声远传是因为蝉身居在高树上，而不是凭借秋风的力量。

读完用时 分钟

背诵用时 分钟

qǐ qiǎo

# 乞巧①

táng lín jié

唐·林杰

qī xī jīn xiāo kàn bì xiāo

七夕今宵看碧霄②，

qiān niú zhī nǚ dù hé qiáo

牵牛织女渡河桥。

jiā jiā qǐ qiǎo wàng qiū yuè

家家乞巧望秋月，

chuān jìn hóng sī jǐ wàn tiáo

穿尽红丝几万条③。

## 汉字学堂

qǐ 乞

xiāo 霄

dù 渡

qiān 牵

qiǎo 巧

qiáo 桥

chuān 穿

难度打卡 ☆☆☆☆☆

### 注释

① 乞巧：古代节日——乞巧节，农历七月初七，又名七夕。旧时风俗，妇女们会在牛郎织女相会的这一天的夜晚穿针，向织女乞求获得一双巧手，谓乞巧。

② 碧霄：指浩瀚无际的青天。

③ 几万条：形容数量很多。

### 译文

七夕佳节，人们纷纷抬头仰望浩瀚天空，就好像能看见牛郎织女渡过银河在鹊桥上相会。家家户户都在一边观赏秋月，一边乞巧，穿过的红线都有几万条了。

读完用时　　分钟

背诵用时　　分钟

yú gē zǐ
# 渔歌子①

táng zhāng zhì hé
唐·张志和

xī sài shān qián bái lù fēi
西塞山②前白鹭③飞，

táo huā liú shuǐ guì yú féi
桃花流水鳜鱼④肥。

qīng ruò lì lǜ suō yī
青箬笠⑤，绿蓑衣⑥，

xié fēng xì yǔ bù xū guī
斜风细雨不须归。

## 思维导图

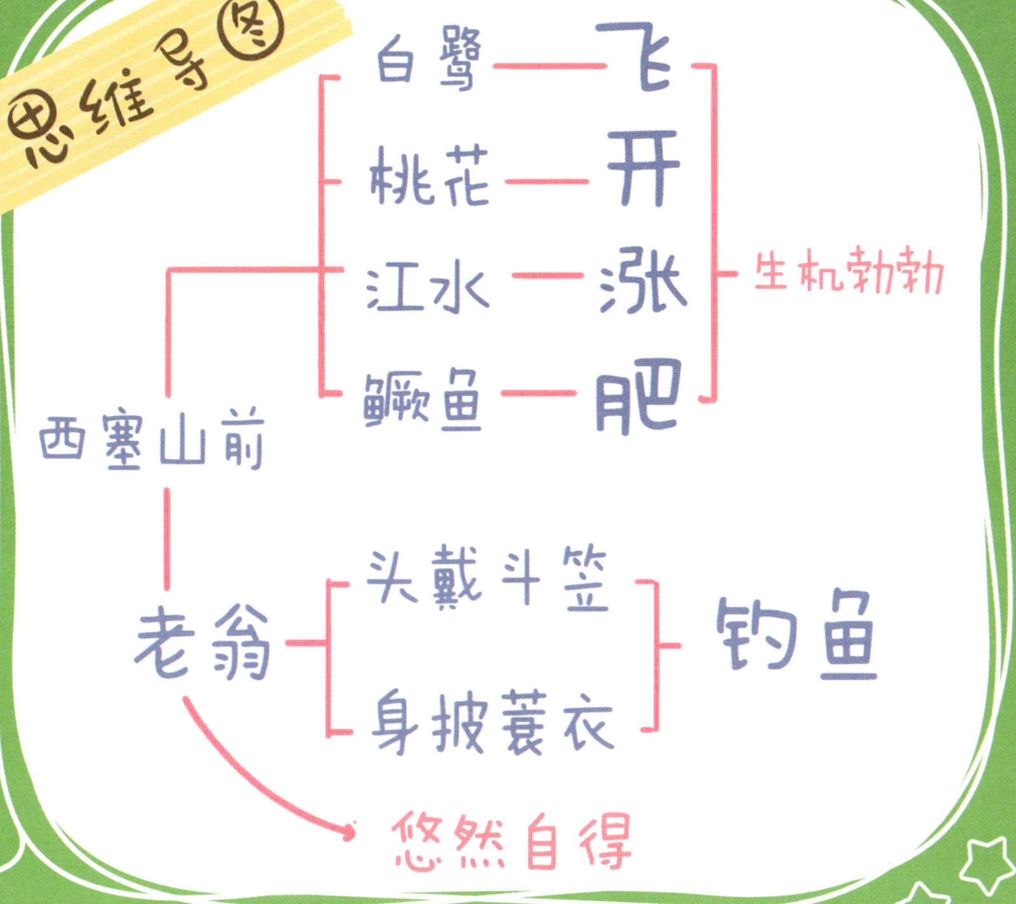


难度打卡

**注释**

① 渔歌子：词牌名。
② 西塞山：在浙江省湖州市西面。
③ 白鹭：一种白色的水鸟。
④ 鳜鱼：淡水鱼，又称桂鱼，肉质细嫩，味道鲜美。
⑤ 箬笠：竹叶编的笠帽。
⑥ 蓑衣：用草或棕叶编织成的雨衣。

**译文**

西塞山前白鹭在自由地翱翔，江岸桃花盛开，春水初涨，水中鳜鱼肥美。渔翁头戴青色斗笠，身披绿色蓑衣，冒着斜风细雨，悠然自得地垂钓，连下了雨都不回家。

读完用时　分钟

背诵用时　分钟

guān shū yǒu gǎn　qí yī

# 观书有感（其一）

sòng · zhū xī

宋 · 朱熹

bàn mǔ fāng táng yí jiàn kāi
半亩方塘①一鉴②开，

tiān guāng yún yǐng gòng pái huái
天光云影共徘徊③。

wèn qú nǎ dé qīng rú xǔ
问渠④那得⑤清如许？

wèi yǒu yuán tóu huó shuǐ lái
为有源头活水来。

**注释**

① 方塘：又称半亩塘，朱熹幼年读书的地方。
② 鉴：镜子。
③ 徘徊：移动。
④ 渠：它，指方塘。
⑤ 那得：怎么会。那，同“哪”。

**译文**

半亩大的方形池塘像一面镜子一样打开，清澈明净，天光、云影在水面上闪耀浮动。要问池塘里的水怎么会这样清澈呢？是因为它的源头是源源不断流动的活水。

读完用时 分钟

背诵用时 分钟

# 观书有感（其二）

guān shū yǒu gǎn qí èr

sòng zhū xī
宋·朱熹

zuó yè jiāng biān chūn shuǐ shēng
昨夜江边春水生，

méng chōng jù jiàn yì máo qīng
艨艟①巨舰一毛轻②。

xiàng lái wǎng fèi tuī yí lì
向来③枉费推移力④，

cǐ rì zhōng liú zì zài xíng
此日中流⑤自在行。

## 汉字学堂

chōng 艟

méng 艨

jù 巨

wǎng 枉

fèi 费

jiàn 舰

tuī 推

yí 移

难度打卡

### 注释

① 艨艟：古代战船的名称，这里指大船。

② 一毛轻：像一片羽毛一样轻盈。

③ 向来：原先，指春潮上涨之前。

④ 推移力：指水浅时行船困难，需人推拉而行。

⑤ 中流：河流的中心。

### 译文

昨天夜晚江边的春水大涨，那艘大船就像一片羽毛一般轻盈。以往花费许多力量也不能推动它，今天船却能在江水中央自在漂流。

读完用时　　分钟

背诵用时　　分钟

sì shí tián yuán zá xìng qí sān shí yī

# 四时田园杂兴（其三十一）

sòng fàn chéng dà

宋·范成大

zhòu chū yún tián yè jì má

昼出耘田①夜绩麻②，

cūn zhuāng ér nǚ gè dāng jiā

村庄儿女各当家。

tóng sūn wèi jiě gòng gēng zhī

童孙未解③供④耕织，

yě bàng sāng yīn xué zhòng guā

也傍桑阴学种瓜。

## 汉字学堂

| | | |
|---|---|---|
| zhòu 昼 | yún 耘 | jì 绩 |
| má 麻 | gòng 供 | gēng 耕 |
| bàng 傍 | sāng 桑 | |

难度打卡 ☆☆☆☆☆

**注释**

① 耘田：锄草。
② 绩麻：把麻搓成线。
③ 未解：不懂。
④ 供：从事，参加。

**译文**

白天去田里锄草，夜晚回来搓麻绳，农家男女都各自挑起家庭的重担。孩子们不懂怎么耕田织布，但也在桑树下学着大人的样子种瓜。

读完用时 分钟

背诵用时 分钟

# zhì zǐ nòng bīng
# 稚子①弄冰

sòng yáng wàn lǐ
宋·杨万里

zhì zǐ jīn pén tuō xiǎo bīng
稚子金盆脱②晓冰，

cǎi sī chuān qǔ dàng yín zhēng
彩丝穿取当银钲③。

qiāo chéng yù qìng chuān lín xiǎng
敲成玉磬④穿林响，

hū zuò bō li suì dì shēng
忽作玻璃⑤碎地声。

## 汉字学堂

zhì 稚　pén 盆　tuō 脱　qiāo 敲　zhēng 钲　lí 璃　bō 玻　xiǎng 响

难度打卡

### 注释

① 稚子：幼小的孩子。
② 脱：取出。
③ 钲：一种金属打击乐器，形状像钟，有长柄。
④ 磬：一种用玉或石制成的打击乐器，以物击之则鸣。
⑤ 玻璃：一种天然玉石，不是现在的玻璃。

### 译文

年幼的孩子早晨起来，将冻结在铜盆里的冰块脱下，用彩线穿起来当钲。敲击它发出的声音像玉磬一般清脆，穿越树林远远地都能听到，忽然冰块敲碎落地，发出美玉摔碎般的声音。

读完用时 分钟

背诵用时 分钟

# 村晚

cūn wǎn

sòng léi zhèn
宋·雷震

cǎo mǎn chí táng shuǐ mǎn bēi
草满池塘水满陂①，

shān xián luò rì jìn hán yī
山衔落日浸寒漪②。

mù tóng guī qù héng niú bèi
牧童归去横牛背，

duǎn dí wú qiāng xìn kǒu chuī
短笛无腔③信口④吹。

难度打卡 ☆☆☆☆☆

注释

① 陂：池岸。
② 漪：水中的波纹。
③ 腔：曲调。
④ 信口：随口。

译文

在一个长满水草的池塘里，池水灌得满满的，远处的山像是咬住了落日，影子倒映在波光粼粼的水波上。牧童横坐在牛背上，用短笛吹奏着随意的乐曲。

读完用时 分钟
背诵用时 分钟

# 从军行①

cóng jūn xíng

táng wáng chāng líng
唐·王昌龄

qīng hǎi cháng yún àn xuě shān
青海②长云暗雪山③，

gū chéng yáo wàng yù mén guān
孤城遥望玉门关④。

huáng shā bǎi zhàn chuān jīn jiǎ
黄沙百战穿⑤金甲⑥，

bú pò lóu lán zhōng bù huán
不破楼兰⑦终不还。

## 注释

① 从军行：乐府曲名，内容多写战争。
② 青海：指青海湖。
③ 雪山：指甘肃省的祁连山。
④ 玉门关：古关名，故址在今甘肃敦煌西北。
⑤ 穿：磨破。
⑥ 金甲：金属制的铠甲。
⑦ 楼兰：西域古国名，这里泛指当时骚扰西北边疆的敌人。

## 译文

青海湖上浓云密布，遮暗了终年积雪的祁连山，远远望去，只见玉门关那座孤城。黄沙万里，将士们身经百战，磨破了身上的铠甲，但是不将敌人打败，他们绝不打算回家。

qiū yè jiāng xiǎo chū lí mén yíng liáng yǒu gǎn qí èr

# 秋夜将晓出篱门迎凉有感（其二）

读完用时 分钟

背诵用时 分钟

sòng lù yóu

宋 · 陆游

sān wàn lǐ hé dōng rù hǎi

三万里河①东入海，

wǔ qiān rèn yuè shàng mó tiān

五千仞②岳③上摩天④。

yí mín lèi jìn hú chén lǐ

遗民⑤泪尽胡尘⑥里，

nán wàng wáng shī yòu yì nián

南望王师⑦又一年。

## 汉字学堂

gǎn 感

yíng 迎

rèn 仞

mó 摩

yuè 岳

yí 遗

hú 胡

chén 尘

难度打卡

### 注释

① 河：指黄河。

② 仞：古代计算长度的一种单位。

③ 岳：指西岳华山。

④ 摩天：碰到天。

⑤ 遗民：指在金占领区生活却认同南宋王朝统治的人民。

⑥ 胡尘：胡人骑兵的铁蹄践踏扬起的尘土，这里指金朝的暴政。

⑦ 王师：指宋朝的军队。

### 译文

三万里长的黄河奔腾向东流入大海，五千仞高的华山耸入云霄上触青天。中原人民在胡人压迫下眼泪已流尽，他们盼望宋朝的军队收复中原失地，如此又一年过去了。

读完用时　　分钟

背诵用时　　分钟

wén guān jūn shōu hé nán hé běi

# 闻官军收河南河北

táng dù fǔ

唐・杜甫

jiàn wài hū chuán shōu jì běi, chū wén tì lèi mǎn yī cháng.

剑外[1]忽传收蓟北[2]，初闻涕泪满衣裳。

què kàn qī zǐ chóu hé zài, màn juǎn shī shū xǐ yù kuáng.

却看[3]妻子[4]愁何在，漫卷[5]诗书喜欲狂。

bái rì fàng gē xū zòng jiǔ, qīng chūn zuò bàn hǎo huán xiāng.

白日放歌须纵酒，青春[6]作伴好还乡。

jí cóng bā xiá chuān wū xiá, biàn xià xiāng yáng xiàng luò yáng.

即从巴峡穿巫峡，便下襄阳向洛阳。

## 汉字学堂

tì 涕

cháng 裳

chóu 愁

jì 蓟

màn 漫

xiāng 襄

wū 巫

zòng 纵

难度打卡 

### 注释

① 剑外：剑门关以南的地区，这里指四川。

② 蓟北：泛指唐代幽州、蓟州一带，今河北北部地区，是安史叛军的根据地。

③ 却看：回头看。

④ 妻子：妻子和孩子。

⑤ 漫卷：胡乱地卷起。指准备收拾行李回乡。

⑥ 青春：春光明媚。

### 译文

剑门关外忽然传来官军收复蓟北一带的喜讯，刚刚听到时眼泪打湿了衣裳。回头看向妻子儿女，脸上哪里还有一丝忧伤，我胡乱地卷起诗书收拾行囊，欣喜若狂。老夫想要纵酒高歌，趁着春光返回故乡。忍不住马上就从巴峡乘船穿过巫峡，顺流而下到襄阳直奔洛阳。

读完用时　　分钟

背诵用时　　分钟

# yóu zǐ yín
# 游子①吟

táng　mèng jiāo
唐·孟郊

cí mǔ shǒu zhōng xiàn，yóu zǐ shēn shàng yī。
慈母手中线，游子身上衣。

lín xíng mì mì féng，yì kǒng chí chí guī。
临②行密密缝，意恐③迟迟归。

shuí yán cùn cǎo xīn，bào dé sān chūn huī。
谁言寸草④心⑤，报得三春晖⑥。

注释

① 游子：古代称远游旅居的人。
② 临：将要。
③ 意恐：担心。
④ 寸草：小草。这里比喻子女。
⑤ 心：语义双关，既指草木的茎，也指子女的心意。
⑥ 春晖：春天灿烂的阳光，指慈母之恩。

译文

慈爱的母亲手里拿着针线，给将要出远门的孩子赶制新衣。临行之前，母亲一针针一线线密密地缝，因为她担心远行的儿子很久都回不了家。谁敢说子女那像小草般稚嫩的孝心，能够报答得了像春日一样的慈母恩情呢？

读完用时 分钟

背诵用时 分钟

niǎo míng jiàn

# 鸟鸣涧

táng wáng wéi

唐·王维

rén xián guì huā luò

人闲桂花①落，

yè jìng chūn shān kōng

夜静春山②空。

yuè chū jīng shān niǎo

月出惊③山鸟，

shí míng chūn jiàn zhōng

时④鸣春涧中。

注释

① 桂花：有春花、秋花等不同品种，这里写的是春天开花的一种。

② 春山：春日的山。

③ 惊：惊动，扰乱。

④ 时：偶尔。

译文

春天的夜晚，寂静无声，细碎的桂花轻轻地飘落着，安静得好像整座山都是空的。月亮出来惊醒了山林中的鸟儿，它们时不时发出几声鸣叫，声音回荡在春日的山涧中。

liáng zhōu cí
# 凉州词

táng wáng zhī huàn
唐 · 王之涣

huáng hé yuǎn shàng bái yún jiān
黄河远上白云间，

yí piàn gū chéng wàn rèn shān
一片孤城万仞①山。

qiāng dí hé xū yuàn yáng liǔ
羌笛②何须怨杨柳③，

chūn fēng bú dù yù mén guān
春风不度④玉门关。

## 注释

① 万仞：形容极高，仞，古代长度单位。

② 羌笛：一种羌族乐器。

③ 杨柳：这里指《折杨柳》。

④ 度：吹到过。

## 译文

黄河远远地奔腾而来，好像是从白云间流出来的，就在黄河上游的万仞高山之中，一座孤城玉门关耸峙在那里，显得孤峭冷寂。何必用羌笛吹起那哀怨的《折杨柳》去埋怨春光迟迟不来呢，原来玉门关一带春风是吹不到的啊！

读完用时　　分钟

背诵用时　　分钟

huáng hè lóu sòng mèng hào rán zhī guǎng líng

# 黄鹤楼①送孟浩然②之广陵③

táng lǐ bái

唐·李白

gù rén xī cí huáng hè lóu

故人西辞④黄鹤楼，

yān huā sān yuè xià yáng zhōu

烟花⑤三月下⑥扬州。

gū fān yuǎn yǐng bì kōng jìn

孤帆远影碧空尽⑦，

wéi jiàn cháng jiāng tiān jì liú

唯见⑧长江天际流。

难度打卡

## 注释

① 黄鹤楼：古楼名，故址在今湖北武汉市武昌蛇山的黄鹄矶上。

② 孟浩然：李白的朋友，诗中的“故人”即指孟浩然。

③ 广陵：古地名，在现在的江苏扬州一带。

④ 西辞：向西辞别，指向东而行。

⑤ 烟花：形容柳絮如烟、繁花似锦的春天景物，指绚丽的春景。

⑥ 下：顺流向下而行。

⑦ 碧空尽：消失在蔚蓝的天空里。

⑧ 唯见：只看见。

## 译文

老朋友在黄鹤楼与我辞别，阳春三月顺流东下去往扬州。孤船帆影渐渐消失在碧空尽头，只看见浩浩荡荡的长江在天边奔流。

# 乡村四月

xiāng cūn sì yuè

读完用时 分钟

背诵用时 分钟

sòng wēng juàn
宋·翁卷

lǜ biàn shān yuán bái mǎn chuān
绿遍山原①白满川②，

zǐ guī shēng lǐ yǔ rú yān
子规③声里雨如烟。

xiāng cūn sì yuè xián rén shǎo
乡村四月闲人少，

cái liǎo cán sāng yòu chā tián
才了④蚕桑⑤又插田。

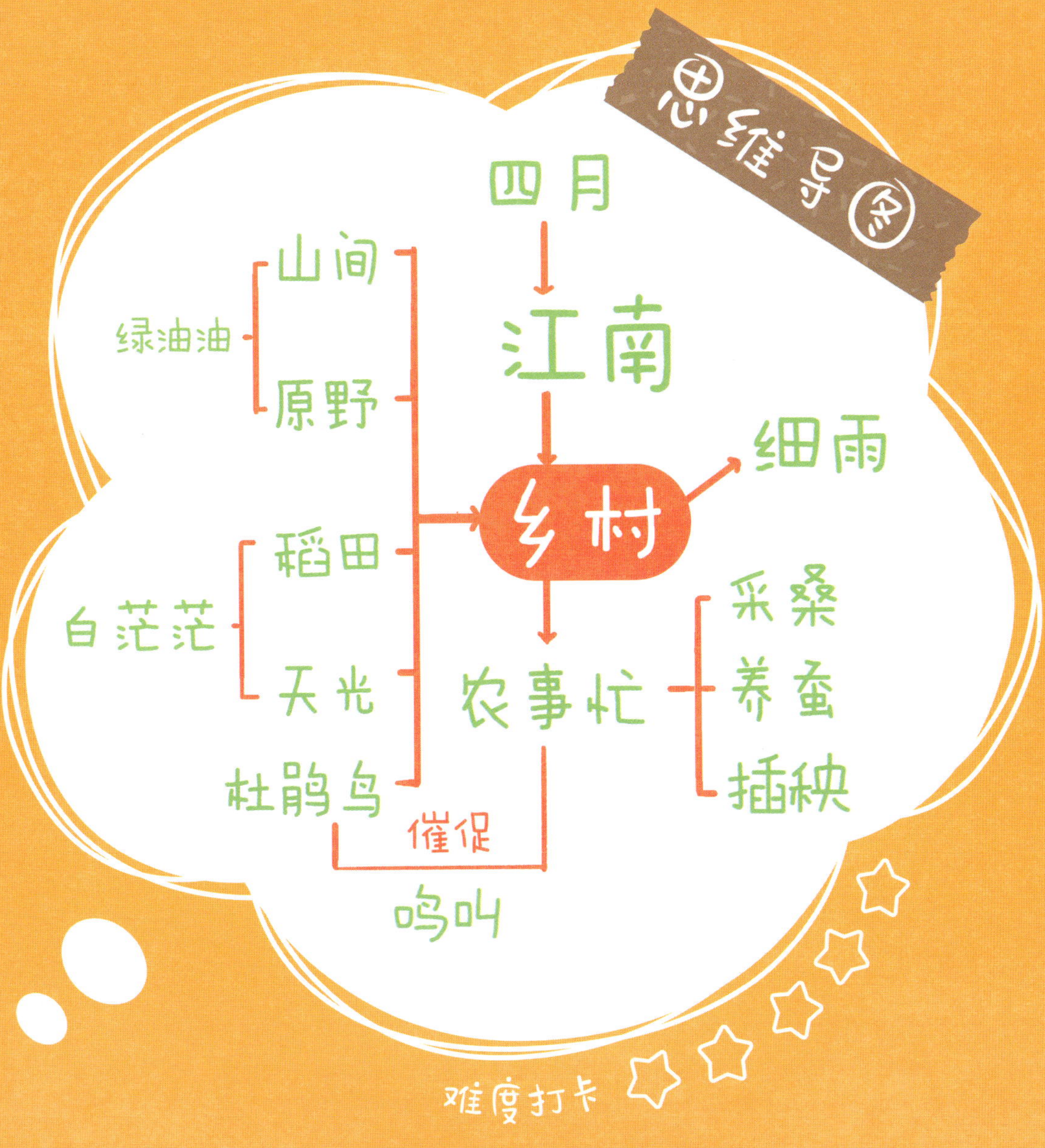


**注释**

① 山原：山坡与原野。
② 白满川：指稻田里的水色映着天光。
③ 子规：杜鹃鸟。
④ 了：结束。
⑤ 蚕桑：种桑养蚕。

**译文**

山坡田野间草木茂盛，一片葱郁。稻田里的水色与天光交相辉映，满目亮白。杜鹃声声啼叫，天空中烟雨蒙蒙。四月到了，农民都开始忙起来，村里没有一个人闲着，他们刚刚结束了种桑养蚕的事情又开始插秧了。

读完用时 分钟

背诵用时 分钟

sù jiàn dé jiāng
# 宿建德江[1]

táng mèng hào rán
唐·孟浩然

yí zhōu bó yān zhǔ
移舟泊[2]烟渚[3]，

rì mù kè chóu xīn
日暮[4]客[5]愁新。

yě kuàng tiān dī shù
野[6]旷[7]天低树，

jiāng qīng yuè jìn rén
江清月近人。

## 汉字学堂

bó 泊

zhǔ 渚

jiàn 建

dé 德

mù 暮

kuàng 旷

难度打卡

### 注释

① 建德江：指新安江流经建德（今属浙江省）的一段。

② 泊：停船靠岸。

③ 渚：水中间的小块陆地。

④ 日暮：指日落时分。

⑤ 客：这里指诗人自己。

⑥ 野：原野。

⑦ 旷：空旷无垠。

### 译文

划动小船，将它停靠在一个烟雾蒙蒙的小洲边，日暮时分愁绪又涌上旅人的心头。原野空旷，天空显得比近处的树木还低，江水清澈，水中的月亮和船中的孤客显得格外亲近。

liù yuè èr shí qī rì wàng hú lóu zuì shū
# 六月二十七日望湖楼①醉书

读完用时　　分钟

背诵用时　　分钟

sòng sū shì
宋·苏轼

hēi yún fān mò wèi zhē shān
黑云翻墨②未遮山，

bái yǔ tiào zhū luàn rù chuán
白雨③跳珠乱入船。

juǎn dì fēng lái hū chuī sàn
卷地风来忽吹散，

wàng hú lóu xià shuǐ rú tiān
望湖楼下水如天④。

难度打卡

**注释**

① 望湖楼：又叫看经楼，在今浙江省杭州市西湖边。
② 翻墨：打翻的墨水，形容云层很黑。
③ 白雨：雨很大，看上去白亮亮的。
④ 水如天：湖水像天空一样开阔平静。

**译文**

翻滚的乌云像泼洒的墨汁，但还没有完全遮住山峦，白亮亮的雨点似珍珠乱蹦乱跳窜上船。忽然间，卷地而来的大风吹散了乌云，望湖楼下西湖的湖面像天空一样平静开阔。

xī jiāng yuè yè xíng huáng shā dào zhōng

# 西江月[1]·夜行黄沙[2]道中

读完用时　　分钟

背诵用时　　分钟

sòng xīn qì jí

宋·辛弃疾

míng yuè bié zhī jīng què qīng fēng bàn yè míng

明月别枝惊鹊，清风半夜鸣

chán dào huā xiāng lǐ shuō fēng nián tīng qǔ wā shēng

蝉。稻花香里说丰年，听取蛙声

yí piàn qī bā gè xīng tiān wài liǎng sān

一片。　七八个星天外，两三

diǎn yǔ shān qián jiù shí máo diàn shè lín biān lù

点雨山前。旧时[3]茅店[4]社林[5]边，路

zhuǎn xī qiáo hū xiàn

转溪桥忽见[6]。

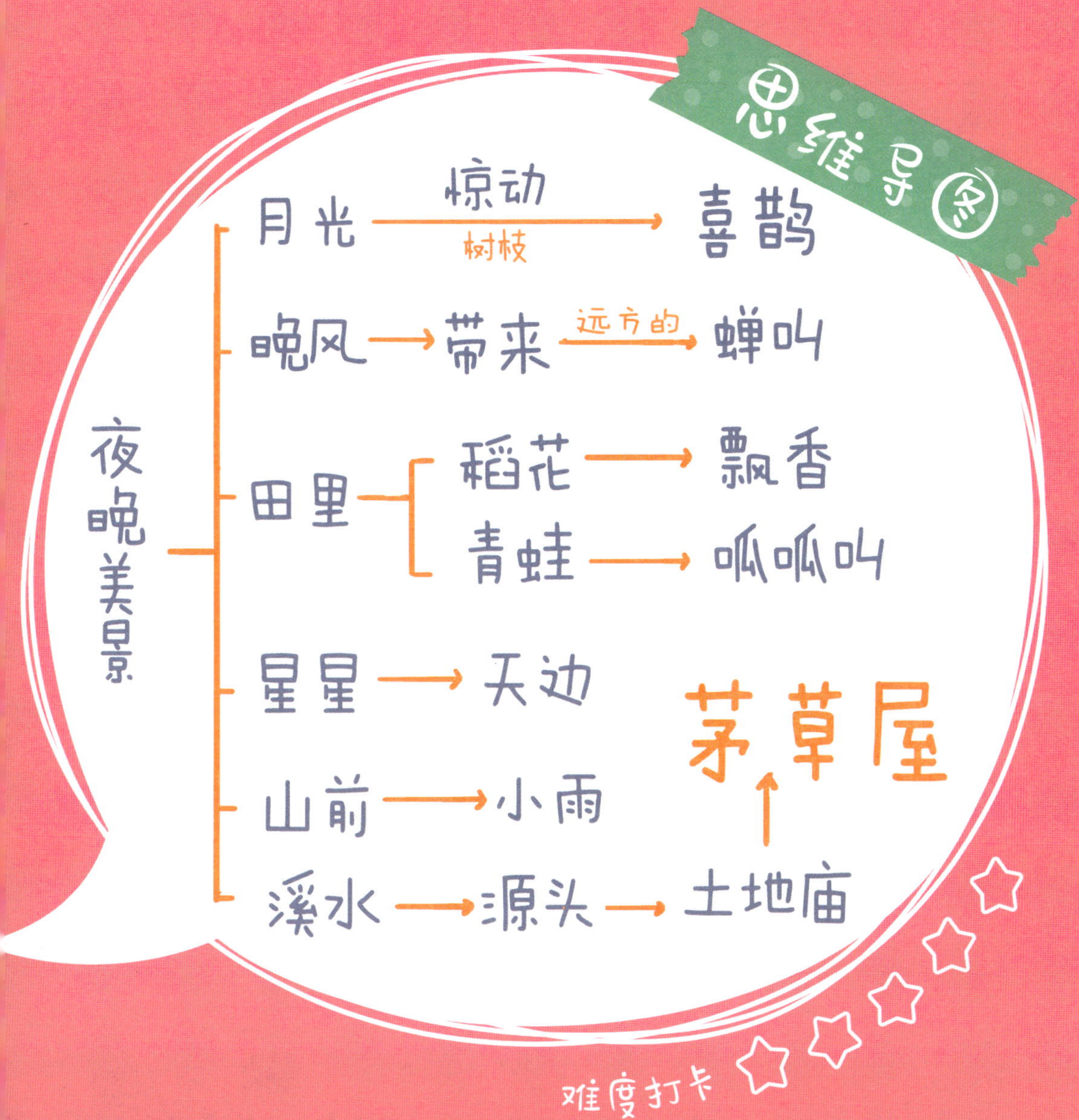


## 注释

① 西江月：词牌名。
② 黄沙：黄沙岭，在今江西省上饶市的西面。
③ 旧时：往日。
④ 茅店：用茅草盖的小客栈。
⑤ 社林：土地庙附近的树林。
⑥ 见：同“现”，显现，出现。

## 译文

皎洁的月光从树枝间掠过，惊飞了枝头的喜鹊，清凉的晚风吹来，仿佛听见了远处的蝉叫声。在稻花的香气里，人们谈论着丰收的年景，耳边传来阵阵青蛙的叫声。天幕上，七八个星星闪烁着，忽明忽暗，山前下起了淅淅沥沥的小雨。往日土地庙附近树林旁的小茅屋，在道路转过溪水的桥头边忽然出现。

读完用时 分钟

背诵用时 分钟

# làng táo shā qí yī
# 浪淘沙①（其一）

táng liú yǔ xī
唐·刘禹锡

jiǔ qū huáng hé wàn lǐ shā
九曲②黄河万里沙③，

làng táo fēng bǒ zì tiān yá
浪淘风簸④自天涯。

rú jīn zhí shàng yín hé qù
如今直上银河去，

tóng dào qiān niú zhī nǚ jiā
同到牵牛织女⑤家。

## 思维导图

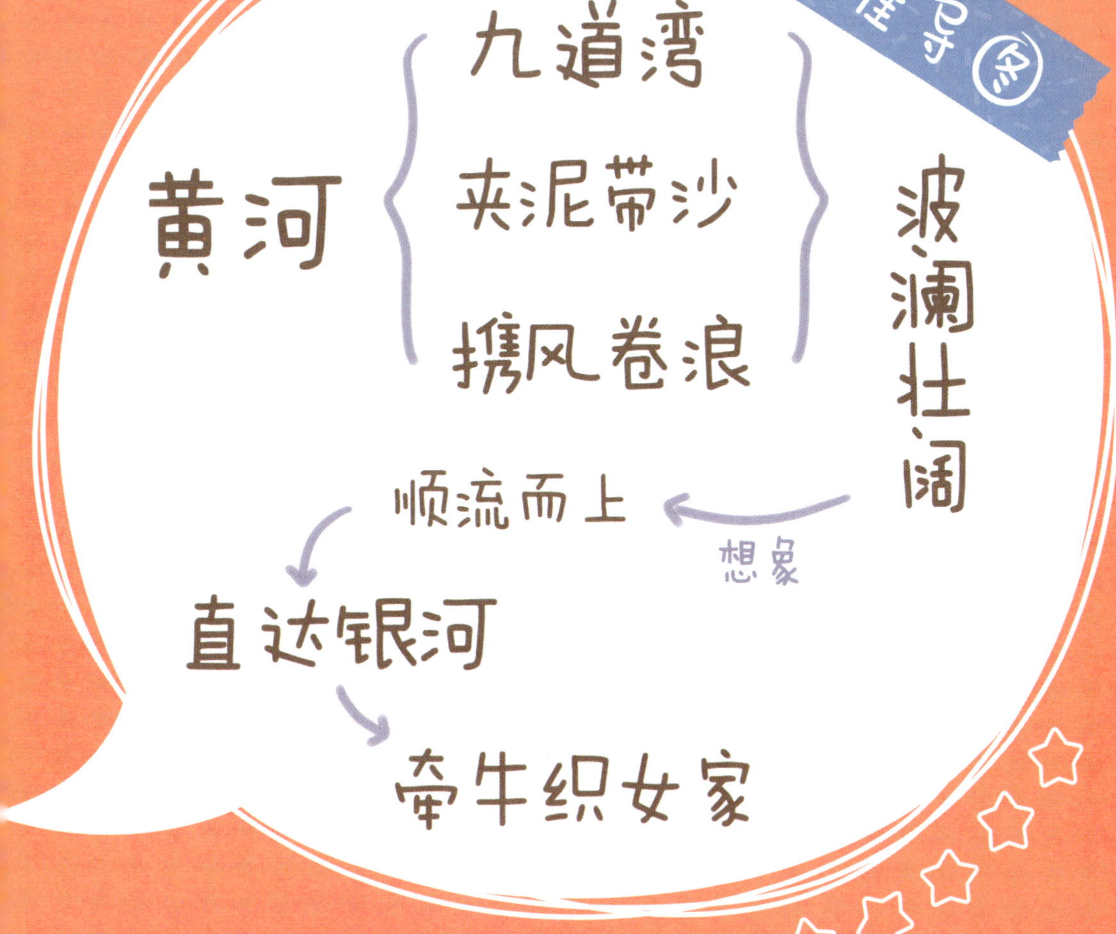


难度打卡

## 注释

① 浪淘沙：唐代曲名，创自刘禹锡、白居易，其形式为七言绝句，后又用为词牌名。

② 九曲：形容弯弯曲曲的地方很多。自古相传黄河有九道弯。

③ 万里沙：黄河在流动过程中带有大量的泥沙。

④ 簸：颠簸摇荡。

⑤ 牵牛织女：牵牛星和织女星。神话传说中，织女是天上的仙女，下凡后与牛郎结为夫妻。后西王母召回织女，牛郎追上天，西王母罚他们隔河相望。

## 译文

弯弯曲曲的黄河挟带着大量泥沙，波涛滚滚仿佛来自天边，如今好像要直飞上高空的银河，与我一起去寻访牛郎织女的家。

# jiāng nán chūn
# 江南春

táng dù mù
唐·杜牧

读完用时　分钟

背诵用时　分钟

qiān lǐ yīng tí lǜ yìng hóng
千里莺啼绿映红，

shuǐ cūn shān guō jiǔ qí fēng
水村山郭①酒旗风。

nán cháo sì bǎi bā shí sì
南朝②四百八十寺③，

duō shǎo lóu tái yān yǔ zhōng
多少楼台④烟雨中。

## 思维导图

难度打卡

### 注释

① 郭：外城，这里指城镇。

② 南朝：公元 420 年到 589 年建都于建康（今南京）的宋、齐、梁、陈四个朝代的总称。

③ 四百八十寺：“四百八十”是虚指，形容寺院很多。

④ 楼台：亭台楼阁，此处指寺庙。

### 译文

辽阔的江南，黄莺在啼叫，丛丛绿树映衬着红花；水边村庄、山上城郭，到处酒旗飘扬。南朝建造了许多寺庙，如今还有多少笼罩在这蒙蒙细雨之中。

读完用时　　分钟

背诵用时　　分钟

shū hú yīn xiān shēng bì qí yī

# 书湖阴先生壁（其一）

sòng wáng ān shí

宋·王安石

máo yán cháng sǎo jìng wú tái

茅檐长扫净无苔，

huā mù chéng qí shǒu zì zāi

花木成畦[3]手自栽。

yì shuǐ hù tián jiāng lǜ rào

一水护田[4]将绿绕，

liǎng shān pái tà sòng qīng lái

两山排闼[5]送青来。

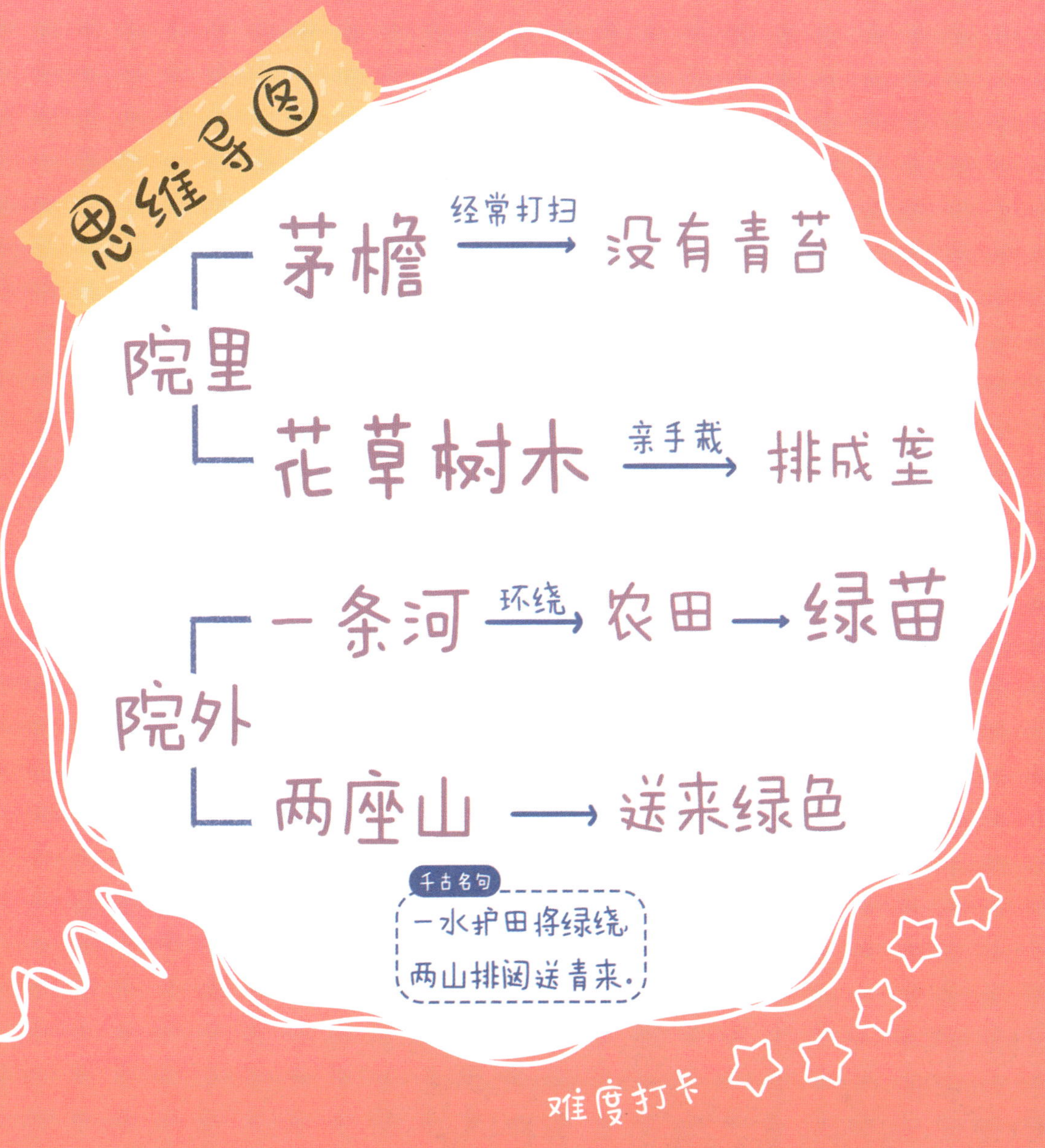


## 注释

① 书：书写，题诗。
② 湖阴先生：杨德逢的别名，王安石退居钟山（今江苏南京）时的邻居。
③ 畦：指经过修整的一块块田地。
④ 护田：指环绕着农田。
⑤ 排闼：推开门。闼，小门。

## 译文

庭院经常打扫，干净整洁没有一丝青苔。花草树木成排成垄，都是主人亲手所栽。庭院外有一条小河环绕着葱绿的农田，门前的两座青山也推开门来，为庭院送来一片翠绿。

读完用时 分钟

背诵用时 分钟

# guò gù rén zhuāng
# 过故人庄①

táng mèng hào rán
唐·孟浩然

gù rén jù jī shǔ yāo wǒ zhì tián jiā
故人具②鸡黍③，邀我至田家。

lǜ shù cūn biān hé qīng shān guō wài xié
绿树村边合④，青山郭⑤外斜。

kāi xuān miàn chǎng pǔ bǎ jiǔ huà sāng má
开轩⑥面场圃，把酒⑦话桑麻⑧。

dài dào chóng yáng rì huán lái jiù jú huā
待到重阳日，还来就菊花。

## 注释

① 过故人庄：拜访老朋友的田庄。
② 具：准备，置办。
③ 鸡黍：指农家待客的丰盛饭食。
④ 合：环绕。
⑤ 郭：古代城墙有内外两重，内为城，外为郭。这里指村庄的外墙。
⑥ 开轩：打开窗户。
⑦ 把酒：端着酒具，指饮酒。
⑧ 话桑麻：闲谈农事。

## 译文

老朋友准备丰盛的饭菜，邀请我到他田庄做客。翠绿的树林围绕着村落，一脉青山在村庄外隐隐横斜。我推开窗户面对谷场菜园，和朋友共饮美酒，闲谈农务。等到九九重阳节到来时，我还要来这里饮菊花酒。

读完用时　　分钟

背诵用时　　分钟

chūn rì
# 春　日

sòng zhū xī
宋 · 朱 熹

shèng rì xún fāng sì shuǐ bīn
胜日①寻芳②泗水滨③，

wú biān guāng jǐng yì shí xīn
无边光景④一时新。

děng xián shí dé dōng fēng miàn
等闲⑤识得东风⑥面，

wàn zǐ qiān hóng zǒng shì chūn
万紫千红总是春。

## 注释

① 胜日：天气晴朗的日子。

② 寻芳：寻赏花草。

③ 泗水滨：泗水河边。泗水，河名，在山东省。

④ 光景：风光风景。

⑤ 等闲：平常，轻易。

⑥ 东风：春风。

## 译文

我选择了一个天气晴朗的日子来到泗水河边踏青，只见无边的风光景物一时间都换了新颜。轻易就可以看出春天的面貌，春风吹得百花开放、万紫千红，到处都是春天的景致。

# huí xiāng ǒu shū
# 回乡偶书

táng hè zhī zhāng
唐·贺知章

读完用时　分钟
背诵用时　分钟

shào xiǎo lí jiā lǎo dà huí
少小①离家老大②回，

xiāng yīn wú gǎi bìn máo shuāi
乡音③无改鬓毛衰④。

ér tóng xiāng jiàn bù xiāng shí
儿童相见⑤不相识，

xiào wèn kè cóng hé chù lái
笑问客从何处来。

难度打卡

## 注释

① 少小：年少的时候。

② 老大：年纪大了。

③ 乡音：故乡的口音。

④ 鬓毛衰：鬓毛减少，疏落。鬓毛，面颊两边靠近耳朵前面的头发。衰，减少，疏落，古时候念 cuī，与上文押韵。

⑤ 相见：指儿童看见了诗人。相，带有指代性的副词。

## 译文

年少的时候离开了故乡，到老了才回到这里，虽然说话的口音没有改变，但是双鬓的头发已经疏落。孩子们见了我都不认识，还笑着问我是从哪里来的。

读完用时 分钟

背诵用时 分钟

# hán shí
# 寒食①

táng hán hóng
唐·韩翃

chūn chéng wú chù bù fēi huā
春城②无处不飞花，

hán shí dōng fēng yù liǔ xié
寒食东风御柳③斜。

rì mù hàn gōng chuán là zhú
日暮汉宫④传蜡烛⑤，

qīng yān sàn rù wǔ hóu jiā
轻烟散入五侯⑥家。

## 汉字学堂

shí 食

chéng 城

yù 御

chuán 传

hóu 侯

là 蜡

zhú 烛

难度打卡 ☆☆☆☆☆

### 注释

① 寒食：寒食节，通常在冬至后的第 105 天，过去在节日期间不能生火做饭。

② 春城：指春天的京城。

③ 御柳：皇帝御花园中的柳树。

④ 汉宫：这里用汉代皇宫来借指唐代皇宫。

⑤ 传蜡烛：寒食节禁火，但朝廷传赐蜡烛给公侯之家，受赐的可以点火。

⑥ 五侯：这里泛指王侯贵族。

### 译文

暮春长安城处处柳絮飞舞、落红无数，寒食节的春风吹斜了皇城中的柳树。傍晚皇宫中忙着传送蜡烛，袅袅的轻烟飘散到王侯贵族的家中。

读完用时　　分钟

背诵用时　　分钟

# 迢迢①牵牛星

tiáo tiáo qiān niú xīng

汉·佚名

hàn yì míng

迢迢牵牛星，皎皎河汉女②。
tiáo tiáo qiān niú xīng, jiǎo jiǎo hé hàn nǚ.

纤纤擢③素手，札札④弄机杼。
xiān xiān zhuó sù shǒu, zhá zhá nòng jī zhù.

终日不成章⑤，泣涕零如雨。
zhōng rì bù chéng zhāng, qì tì líng rú yǔ.

河汉清且浅，相去复几许。
hé hàn qīng qiě qiǎn, xiāng qù fù jǐ xǔ.

盈盈⑥一水间，脉脉⑦不得语。
yíng yíng yì shuǐ jiān, mò mò bù dé yǔ.

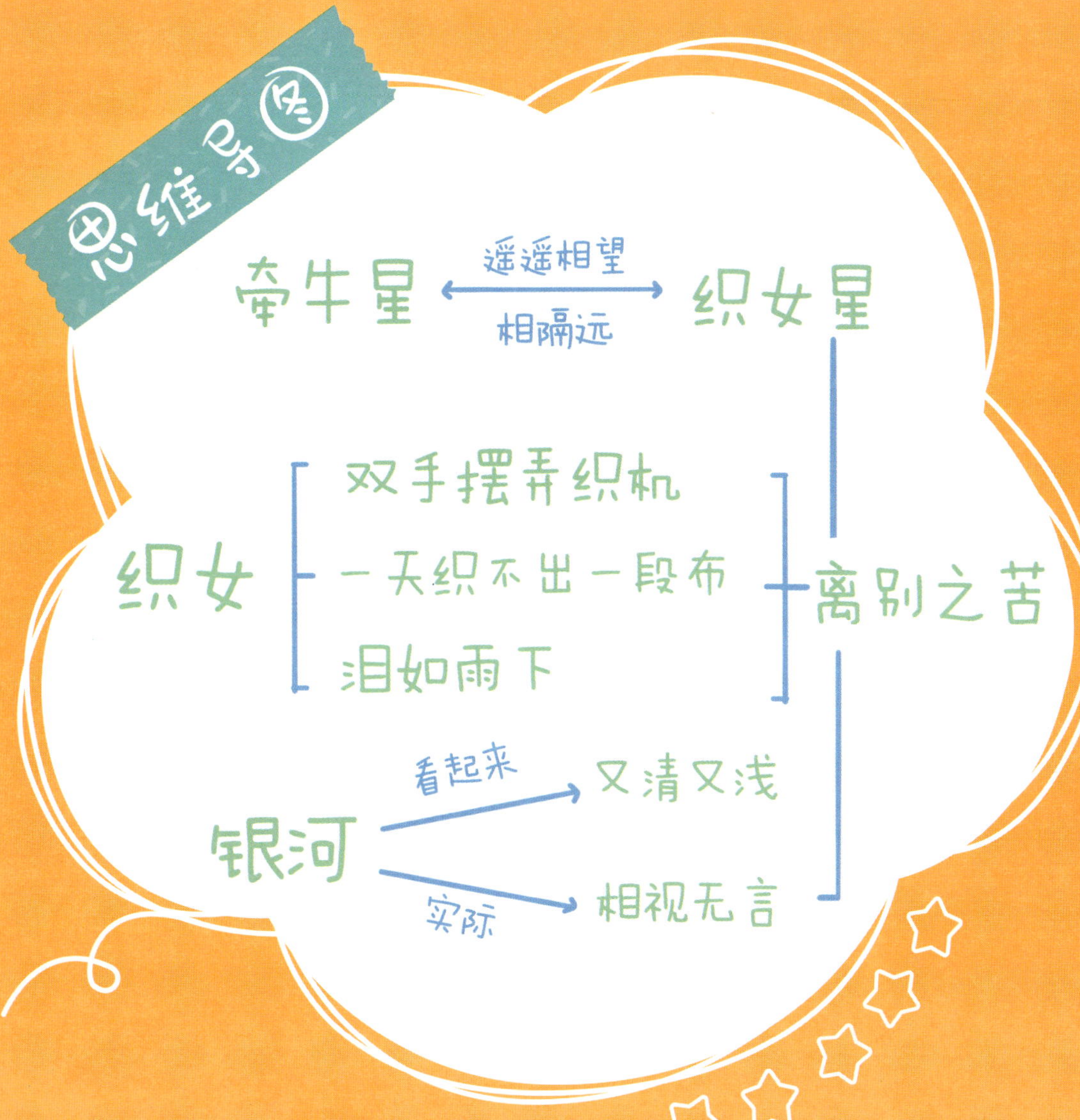


难度打卡

## 注释

① 迢迢：遥远的样子。
② 河汉女：指织女星。
③ 擢：伸出。
④ 札札：织机发出的声音。
⑤ 章：有花纹的纺织品。
⑥ 盈盈：清澈的样子。
⑦ 脉脉：相视无言的样子。

## 译文

在银河东南牵牛星遥遥可见，在银河之西织女星明亮皎洁。织女伸出她那细长洁白的双手，摆弄着织布机，发出札札的响声。她一整天也没织成一匹布，哭泣的眼泪如同下雨般零落。这银河看起来又清又浅，两岸相隔又有多远呢？虽然只隔了一条清澈的银河，但他们也只能含情脉脉而相视无言。

读完用时 分钟

背诵用时 分钟

# shí wǔ yè wàng yuè
# 十五夜望①月

táng wáng jiàn
唐·王建

zhōng tíng dì bái shù qī yā
中庭②地白③树栖鸦，

lěng lù wú shēng shī guì huā
冷露④无声湿桂花。

jīn yè yuè míng rén jìn wàng
今夜月明人尽⑤望，

bù zhī qiū sī luò shuí jiā
不知秋思落谁家。

注释

① 十五夜：农历八月十五中秋节的夜晚。
② 中庭：即庭中，庭院中。
③ 地白：月光照在庭院的地上，像铺了一层白霜。
④ 冷露：秋天的露水。
⑤ 尽：都。

译文

中秋节的夜晚，月光洒在庭院地面上，好像铺上了一层白霜，树上栖息着几只鸦雀。秋露无声无息地打湿了桂花。今天晚上月亮分外明亮，人们都在仰望它，不知道这秋思之情落在了谁家？

读完用时 分钟

背诵用时 分钟

# mǎ shī
# 马 诗

táng lǐ hè
唐 · 李 贺

dà mò shā rú xuě
大漠沙如雪，

yān shān yuè sì gōu
燕山①月似钩②。

hé dāng jīn luò nǎo
何当③金络脑④，

kuài zǒu tà qīng qiū
快走踏清秋。

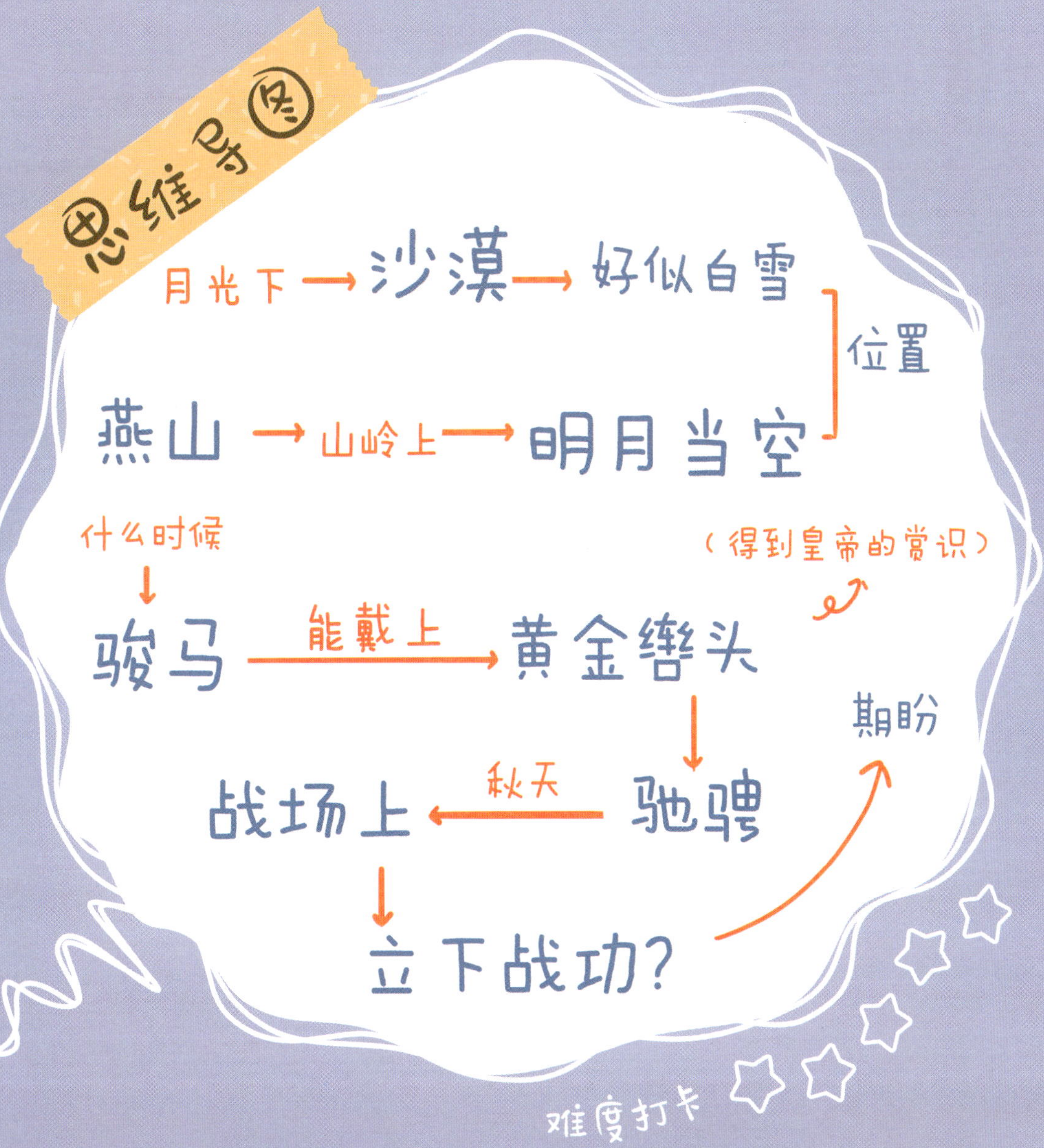


**注释**

① 燕山：指燕然山。这里借指边塞。

② 钩：古代的一种兵器，形似月牙。

③ 何当：何时将要。

④ 金络脑：用黄金装饰的马笼头。

**译文**

平沙万里，在月光下像铺上一层白皑皑的霜雪。连绵的燕山山岭上悬挂着一轮如弯刀一样的月亮。不知道什么时候能给我这匹骏马佩戴上黄金打造的笼头，让我在清爽的秋季里奔驰在沙场上。

读完用时 分钟

背诵用时 分钟

# shí huī yín
# 石灰吟

míng yú qiān
明·于谦

qiān chuí wàn záo chū shēn shān
千锤万凿[1]出深山，

liè huǒ fén shāo ruò děng xián
烈火焚烧若[2]等闲[3]。

fěn gǔ suì shēn hún bú pà
粉骨碎身浑[4]不怕，

yào liú qīng bái zài rén jiān
要留清白[5]在人间。

## 汉字学堂

yín 吟　chuí 锤　záo 凿　fén 焚　shāo 烧　liè 烈　ruò 若　hún 浑

难度打卡

### 注释

① 千锤万凿：指无数次的锤击开凿，形容开采石灰非常艰难。

② 若：好像，好似。

③ 等闲：平常。

④ 浑：全，全然。

⑤ 清白：指高尚的节操。

### 译文

（石灰石）只有经过多次锤击开凿才能从山上开采出来，它把烈火焚烧看成平平常常的事，即使粉身碎骨也毫不惧怕，甘愿把一身清白留在人世间。

读完用时 分钟

背诵用时 分钟

# zhú shí
# 竹 石①

qīng zhèng xiè
清·郑燮

yǎo dìng qīng shān bú fàng sōng
咬定②青山不放松，

lì gēn yuán zài pò yán zhōng
立根③原在破岩中。

qiān mó wàn jī hái jiān jìng
千磨万击还坚劲，

rèn ěr dōng xī nán běi fēng
任④尔⑤东西南北风。

## 注释

① 竹石：扎根在石缝中的竹子。
② 咬定：比喻根扎得结实，像咬着青山不松口一样。
③ 立根：扎根，生根。
④ 任：任凭。
⑤ 尔：你。

## 译文

竹子抓住青山一点也不放松，它的根牢牢地扎在破裂的岩石缝中。经历无数磨难和打击，身骨仍然坚劲，任凭你刮酷暑的东南风，还是严寒的西北风都不动摇。

读完用时　　分钟

背诵用时　　分钟

cháng gē xíng
# 长歌行[1]

hàn yuè fǔ
汉乐府

qīng qīng yuán zhōng kuí　zhāo lù dài rì xī
青青园中葵[2]，朝露待日晞[3]。

yáng chūn bù dé zé　wàn wù shēng guāng huī
阳春[4]布德泽[5]，万物生光辉。

cháng kǒng qiū jié zhì　kūn huáng huá yè shuāi
常恐秋节至，焜黄[6]华[7]叶衰。

bǎi chuān dōng dào hǎi　hé shí fù xī guī
百川[8]东到海，何时复西归？

shào zhuàng bù nǔ lì　lǎo dà tú shāng bēi
少壮不努力，老大徒[9]伤悲。

## 思维导图

难度打卡 ☆☆☆☆☆

### 注释

① 长歌行：汉乐府曲调名。

② 葵：古代重要的蔬菜之一，又叫冬葵菜。

③ 晞：晒干，引申为阳光照耀。

④ 阳春：指温暖的春天。

⑤ 布德泽：给予恩惠。布，布施。

⑥ 焜黄：形容草木凋落枯黄的样子。

⑦ 华：同“花”。

⑧ 百川：许多河流。

⑨ 徒：白白地。

### 译文

园中翠绿的葵菜上，清晨的露水等待着阳光的照耀。温暖的春天把阳光雨露带给大地，世界上的万物才会有光芒。常常担心秋天的到来，让花儿凋谢草叶枯黄。许多河流奔腾着向东流入大海，它们什么时候才能再向西流回来呢？年轻时如果不努力奋发，到了年老之时只能感叹时间过得太快而独自悲伤。

# 采薇（节选）

cǎi wēi jié xuǎn

xī wǒ wǎng yǐ, yáng liǔ yī yī

昔①我往矣，杨柳依依②。

jīn wǒ lái sī, yù xuě fēi fēi

今我来思③，雨雪④霏霏⑤。

xíng dào chí chí, zài kě zài jī

行道迟迟⑥，载⑦渴载饥。

wǒ xīn shāng bēi, mò zhī wǒ āi

我心伤悲，莫⑧知我哀！

## 汉字学堂

xī 昔

wǎng 往

yī 依

fēi 霏

zài 载

kě 渴

jī 饥

难度打卡

### 注释

① 昔：从前，指出征时。
② 依依：形容柳丝轻轻随风摇曳的样子。
③ 思：句末语气词，没有实在意义。
④ 雨雪：指下雪。
⑤ 霏霏：雪下得很大的样子。
⑥ 迟迟：迟缓的样子。
⑦ 载：则，又。
⑧ 莫：没有人。

### 译文

回想当初出征时，杨柳依依随风吹；如今回来路途中，大雪纷纷满天飞。路途曲折漫长难行走，又渴又饥真劳累。我心里不觉伤悲起来，没有人会懂得我的痛苦！

# 送元二①使安西②

sòng yuán èr shǐ ān xī

唐・王维

táng wáng wéi

读完用时 分钟

背诵用时 分钟

wèi chéng zhāo yǔ yì qīng chén
渭城③朝雨浥④轻尘，

kè shè qīng qīng liǔ sè xīn
客舍⑤青青柳色新。

quàn jūn gèng jìn yì bēi jiǔ
劝君更⑥尽一杯酒，

xī chū yáng guān wú gù rén
西出阳关⑦无故人⑧。

## 汉字学堂

| | | |
|---|---|---|
| shǐ 使 | wèi 渭 | zhāo 朝 |
| yì 浥 | kè 客 | shè 舍 |
| | gèng 更 | guān 关 |

难度打卡 ☆☆☆☆☆

### 注释

① 元二：诗人的朋友元常，排行第二，所以称“元二”。
② 使安西：出使安西都护府（今新疆维吾尔自治区库车县附近）。
③ 渭城：秦时咸阳城，汉代改称渭城，在今西安市西北。
④ 浥：湿润。
⑤ 客舍：旅店。
⑥ 更：再。
⑦ 阳关：汉朝设置的边关名，故址在今甘肃省敦煌县西南。
⑧ 故人：老朋友。

### 译文

清晨的细雨打湿了渭城的浮尘，青砖绿瓦的旅店和周围的柳树显得格外清新明朗。请你再饮一杯离别的酒吧，因为离开阳关之后，你在那里就见不到老朋友了。

读完用时 分钟

背诵用时 分钟

chūn yè xǐ yǔ
# 春夜喜雨

táng dù fǔ
唐·杜甫

hǎo yǔ zhī shí jié, dāng chūn nǎi fā shēng.
好雨知①时节，当春乃②发生。

suí fēng qián rù yè, rùn wù xì wú shēng.
随风潜入夜，润物细无声。

yě jìng yún jù hēi, jiāng chuán huǒ dú míng.
野径③云俱黑，江船火独明。

xiǎo kàn hóng shī chù, huā zhòng jǐn guān chéng.
晓④看红湿处，花重⑤锦官城⑥。

## 注释

① 知：明白，知道。
② 乃：就。
③ 野径：田野间的小路。
④ 晓：天刚亮的时候。
⑤ 花重：花因为饱含雨水而显得沉重。
⑥ 锦官城：成都的别称。

## 译文

好雨像知道了季节变化，到了春天就降临。伴随着春风悄悄地飘洒在夜里，滋润着万物，细微而没有声音。田野里的小路、乌云，全部乌黑，只有江中船上的灯火明亮。到天亮时，再看那红色的湿漉漉的地方，春花沉甸甸的，装点着锦官城。

读完用时　　分钟

背诵用时　　分钟

zǎo chūn chéng shuǐ bù zhāng shí bā yuán wài

# 早春呈水部张十八员外①

táng　hán yù

唐·韩愈

tiān jiē xiǎo yǔ rùn rú sū

天街②小雨润如酥③，

cǎo sè yáo kàn jìn què wú

草色遥看近却无。

zuì shì yì nián chūn hǎo chù

最是一年春好处④，

jué shèng yān liǔ mǎn huáng dū

绝胜⑤烟柳满皇都。

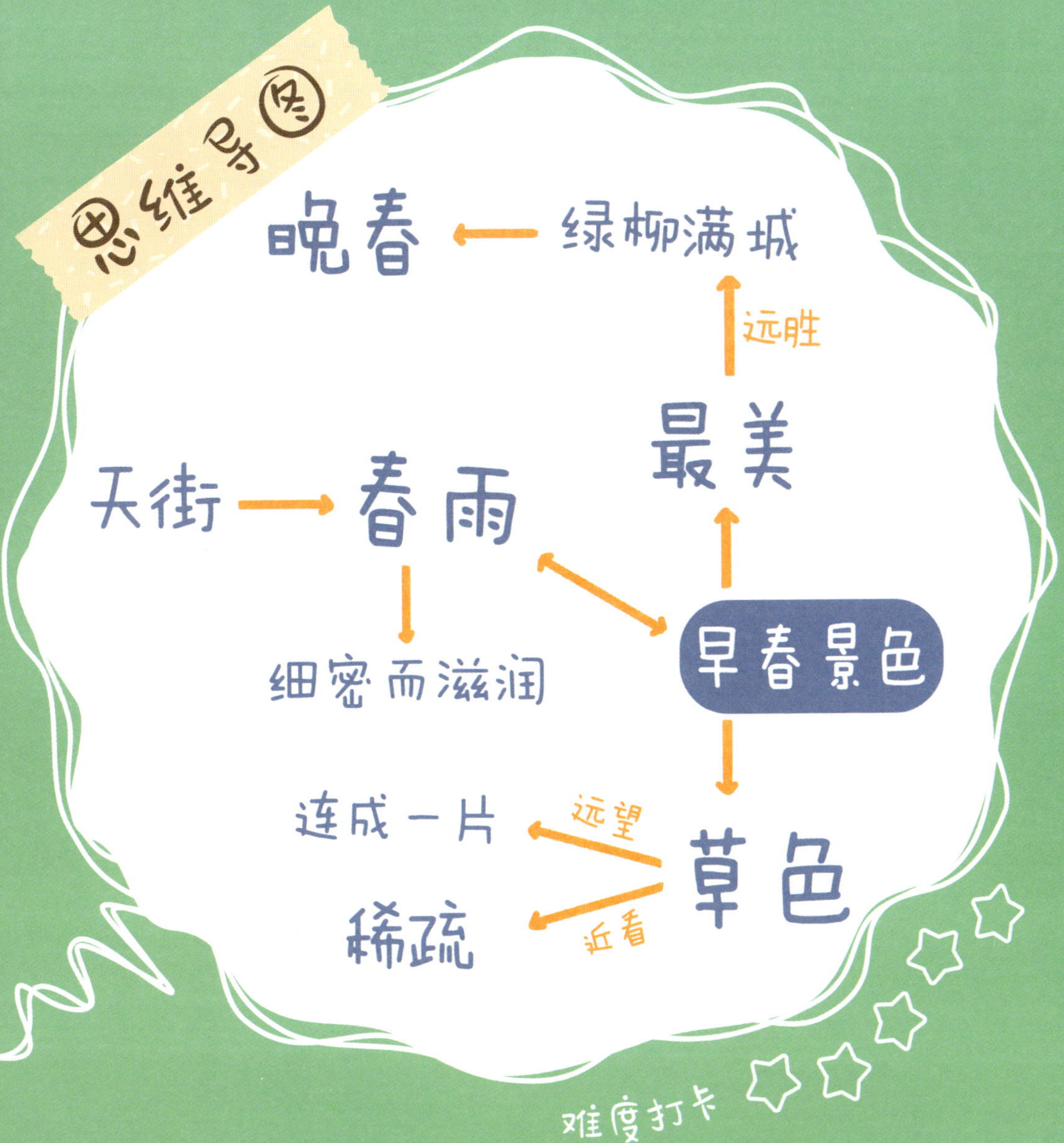


**注释**

① 水部张十八员外：指唐代诗人张籍，他在同族兄弟中排行第十八，曾任水部员外郎。

② 天街：京城街道。

③ 润如酥：形容春雨滋润细腻。酥，酥油。

④ 处：时。

⑤ 绝胜：远远胜过。

**译文**

京城的街道上落着小雨，像酥油般细密而滋润。远远看去，草色连成一片，近看却又若隐若现。一年之中最美的就是这早春的大好时节，它远远胜过了烟柳满城的晚春时节。

读完用时　　分钟

背诵用时　　分钟

# jiāng shàng yú zhě
# 江上渔者①

sòng fàn zhòng yān
宋·范仲淹

jiāng shàng wǎng lái rén
江上往来人，

dàn ài lú yú měi
但②爱鲈鱼美。

jūn kàn yí yè zhōu
君③看一叶舟④，

chū mò fēng bō lǐ
出没⑤风波里。

汉字学堂

yú 渔　dàn 但　zhōu 舟　lú 鲈　bō 波　mò 没

难度打卡

注释

① 渔者：捕鱼的人。
② 但：只。
③ 君：你。
④ 一叶舟：像漂浮在水上的一片树叶似的小船。
⑤ 出没：若隐若现，指一会儿看得见，一会儿看不见。

译文

江上来来往往的客人，只喜欢鲈鱼鲜美的味道。你看看那些冒着生命危险捕鱼的人吧，他们正驾着小船在大风大浪里上下颠簸，飘摇不定。

读完用时 分钟

背诵用时 分钟

bó chuán guā zhōu

# 泊船瓜洲①

sòng wáng ān shí

宋·王安石

jīng kǒu guā zhōu yì shuǐ jiān
京口②瓜洲一水间，

zhōng shān zhǐ gé shù chóng shān
钟山③只隔数重山。

chūn fēng yòu lǜ jiāng nán àn
春风又绿④江南岸，

míng yuè hé shí zhào wǒ huán
明月何时照我还。

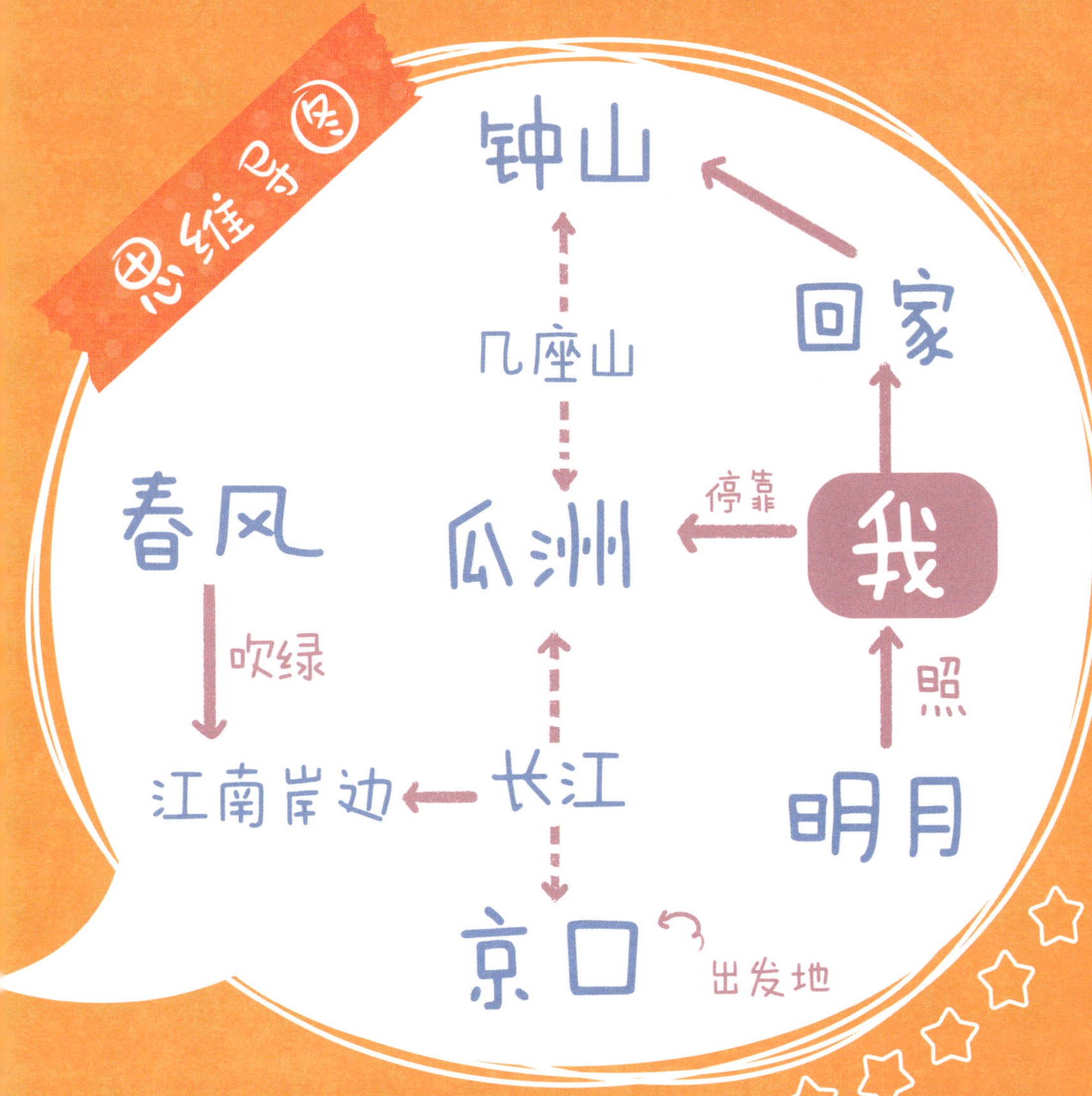


难度打卡

注释

① 瓜洲：在今江苏扬州一带，位于长江北岸。

② 京口：在今江苏镇江，位于长江南岸。

③ 钟山：今江苏南京紫金山。

④ 绿：吹绿。

译文

京口和瓜洲之间只隔着一条长江，钟山就隐没在重重山峦之后。和煦的春风又吹绿了大江南岸，明月什么时候才能照着我回到钟山下的家里呢？

读完用时 分钟

背诵用时 分钟

yóu yuán bù zhí

# 游园不值①

sòng yè shào wēng

宋·叶绍翁

yīng lián jī chǐ yìn cāng tái

应②怜③屐齿④印苍苔，

xiǎo kòu chái fēi jiǔ bù kāi

小扣⑤柴扉⑥久不开。

chūn sè mǎn yuán guān bú zhù

春色满园关不住，

yì zhī hóng xìng chū qiáng lái

一枝红杏出墙来。

难度打卡 ☆☆☆☆☆

## 注释

① 不值：没有遇到人。值，遇到。
② 应：大概，表示猜测。
③ 怜：怜惜。
④ 屐齿：指木屐底下突出的部分。屐，木鞋。
⑤ 小扣：轻轻地敲。
⑥ 柴扉：用木柴、树枝编成的门。

## 译文

也许是园主担心我的木鞋踩坏他爱惜的青苔，我轻轻地敲柴门，却久久没有人来开。可是这满园的春色是关不住的，一枝红色的杏花探出墙头来。

读完用时　分钟

背诵用时　分钟

bǔ suàn zǐ　sòng bào hào rán zhī zhè dōng
# 卜算子[①]·送鲍浩然[②]之浙东

sòng　wáng guān
宋 · 王观

shuǐ shì yǎn bō héng，shān shì méi fēng jù。yù wèn
水是眼波横，山是眉峰聚。欲[③]问

xíng rén qù nǎ biān？méi yǎn yíng yíng chù。cái shǐ
行人[④]去那边？眉眼盈盈[⑤]处。才始[⑥]

sòng chūn guī，yòu sòng jūn guī qù。ruò dào jiāng nán gǎn shàng
送春归，又送君归去。若到江南赶上

chūn，qiān wàn hé chūn zhù。
春，千万和春住。

注释

① 卜算子：词牌名。
② 鲍浩然：诗人的朋友，家住浙江东路，简称浙东。
③ 欲：想，想要。
④ 行人：指诗人的朋友鲍浩然。
⑤ 盈盈：仪态美好的样子。
⑥ 才始：方才。

译文

水像美人流动的眼波，山如美人蹙起的眉毛。想问行人去哪里？原来是要去那山水交汇的地方。刚送走了春天，又要送你回去。假如你到江南，还能赶上春天的话，千万要把春天的景色留住。

读完用时　　分钟

背诵用时　　分钟

huàn xī shā

# 浣溪沙[1]

sòng sū shì

宋·苏轼

yóu qí shuǐ qīng quán sì, sì lín lán xī, xī shuǐ xī liú.

游蕲水清泉寺，寺临兰溪，溪水西流。

shān xià lán yá duǎn jìn xī, sōng jiān shā lù jìng wú ní. xiāo xiāo mù yǔ zǐ guī tí.

山下兰芽短浸溪，松间沙路净无泥。潇潇暮雨子规[2]啼。

shuí dào rén shēng wú zài shào? mén qián liú shuǐ shàng néng xī! xiū jiāng bái fà chàng huáng jī.

谁道人生无再少[3]？门前流水尚能西！休将白发[4]唱黄鸡[5]。

**注释**

① 浣溪沙：词牌名。
② 子规：杜鹃鸟，又称布谷鸟。
③ 无再少：不能再回到少年时代。
④ 白发：老年。
⑤ 唱黄鸡：比喻时光流逝。

**译文**

游玩蕲水的清泉寺，寺庙在兰溪的旁边，溪水向西流淌。

山脚下兰草新抽的幼芽浸润在溪水中，松林间的沙路被雨水冲洗得一尘不染。傍晚时分，细雨潇潇，布谷声声。谁说人生就不能再回到少年时期？门前的溪水都还能向西边流淌！不要在年老时感叹时光的飞逝啊！

读完用时　　分钟

背诵用时　　分钟

qīng píng yuè
# 清平乐

sòng huáng tíng jiān
宋·黄庭坚

chūn guī hé chù　jì mò wú xíng lù　ruò yǒu rén
春归何处？寂寞无行路[1]。若有人

zhī chūn qù chù　huàn qǔ guī lái tóng zhù　chūn wú
知春去处，唤取归来同住。　春无

zōng jì shuí zhī　chú fēi wèn qǔ huáng lí　bǎi zhuàn wú rén
踪迹谁知？除非问取黄鹂。百啭[2]无人

néng jiě　yīn fēng fēi guò qiáng wēi
能解，因风[3]飞过蔷薇。

## 汉字学堂

| | | |
|---|---|---|
| jiān 坚 | jì 寂 | mò 寞 |
| huàn 唤 | guī 归 | lí 鹂 |
| zhuàn 啭 | qiáng 蔷 | wēi 薇 |

难度打卡 ☆☆☆☆☆

### 注释

① 无行路：没有留下春去的行踪。

② 啭：鸟婉转地鸣叫。

③ 因风：借着风势。因，凭借。

### 译文

春天回到了哪里？找不到它的行踪，四处一片沉寂。如果有人知道春天的去处，请叫它回来和我们在一起。谁也不知道春天的踪迹，只好去问一问黄鹂。可是黄鹂那千百遍的婉转鸣叫，又有谁能懂呢？它随着风飞过了盛开的蔷薇。

# 5分钟诗词课

WU FENZHONG SHICIKE

邓娟 编著

下册

重庆出版集团 重庆出版社

# 目　录


山村咏怀…… 6
乌衣巷…… 8
兰溪棹歌…… 10
桃花溪…… 12
竹枝词二首（其一）…… 14
秋浦歌（其十五）…… 16
乐游原…… 18
浪淘沙（其七）…… 20
冬夜读书示子聿…… 22
房兵曹胡马诗…… 24
秋浦歌（其十四）…… 26
牧童…… 28
舟过安仁…… 30
秋思…… 32
过华清宫（其一）…… 34
月夜…… 36
新雷…… 38
菊花…… 40
墨竹图题诗…… 42
题长松图…… 44
七步诗…… 46
灞上秋居…… 48
题李凝幽居…… 50
鸟…… 52
前出塞（其六）…… 54
除夜…… 56

惠州一绝…………………………………………………… 58
月夜忆舍弟………………………………………………… 60
客中行……………………………………………………… 62
遗爱寺……………………………………………………… 64
寄扬州韩绰判官…………………………………………… 66
观猎………………………………………………………… 68
天竺寺八月十五日夜桂子………………………………… 70
逢雪宿芙蓉山主人………………………………………… 72
杂诗（其二）……………………………………………… 74
劝学………………………………………………………… 76
八阵图……………………………………………………… 78
海棠………………………………………………………… 80
秋夕………………………………………………………… 82
蚕妇………………………………………………………… 84
相思………………………………………………………… 86
过分水岭…………………………………………………… 88
赠花卿……………………………………………………… 90
塞下曲（其二）…………………………………………… 92
塞上听吹笛………………………………………………… 94
春日偶成…………………………………………………… 96
偶成………………………………………………………… 98
游山西村（节选）………………………………………100
登飞来峰…………………………………………………102
夜雨寄北…………………………………………………104
泊秦淮……………………………………………………106
次北固山下………………………………………………108
使至塞上…………………………………………………110
望岳………………………………………………………112
钱塘湖春行………………………………………………114

登幽州台歌……116
赤壁……118
竹里馆……120
归园田居（其三）……122
春夜洛城闻笛……124
襄邑道中……126
逢入京使……128
望月怀远……130
天净沙·秋思……132
十一月四日风雨大作二首（其二）……134
江南逢李龟年……136
峨眉山月歌……138
如梦令·昨夜雨疏风骤……140
背诵打卡表……142

读完用时 分钟

背诵用时 分钟

# shān cūn yǒng huái
# 山村咏怀

sòng shào yōng
宋·邵雍

yí qù èr sān lǐ
一去①二三里，

yān cūn sì wǔ jiā
烟村②四五家。

tíng tái liù qī zuò
亭台③六七座，

bā jiǔ shí zhī huā
八九十枝花。

## 汉字学堂

huái 怀

cūn 村

yōng 雍

shào 邵

zuò 座

zhī 枝

难度打卡

### 注释

① 去：指距离。

② 烟村：被烟雾笼罩的村庄。

③ 亭台：泛指供人们游赏、休息的建筑物。

### 译文

不知不觉一走就离家二三里远了，炊烟袅袅的村庄里有几户人家。还有几座供人们游玩的亭台，旁边开满了漂亮的花。

读完用时　　分钟

背诵用时　　分钟

wū yī xiàng
# 乌衣巷①

táng　liú yǔ xī
唐·刘禹锡

zhū què qiáo biān yě cǎo huā
朱雀桥②边野草花，

wū yī xiàng kǒu xī yáng xié
乌衣巷口夕阳斜③。

jiù shí wáng xiè táng qián yàn
旧时王谢④堂前燕，

fēi rù xún cháng bǎi xìng jiā
飞入寻常⑤百姓家。

## 汉字学堂

xiàng 巷　xī 锡　yǔ 禹　què 雀　táng 堂　cháng 常　xiè 谢

难度打卡 ☆☆☆☆☆

### 注释

① 乌衣巷：在今江苏省南京市秦淮河南岸，是三国东吴时的禁军驻地。由于当时禁军身穿黑色军服，故此地称为乌衣巷。

② 朱雀桥：在秦淮河上，是城内通往乌衣巷的必经之路。

③ 斜：古代读 xiá，斜照。

④ 王谢：东晋宰相王导、谢安。王、谢两姓是当时权势最盛的贵族世家，居住在乌衣巷里。

⑤ 寻常：普通，平常。

### 译文

朱雀桥的两边长满了野草、野花，乌衣巷口夕阳斜斜地照着。从前在王、谢两家屋檐下做巢的燕子，如今都飞进了寻常百姓的家中。

读完用时　分钟

背诵用时　分钟

# lán xī zhào gē
# 兰溪①棹歌②

táng dài shū lún
唐·戴叔伦

liáng yuè rú méi guà liǔ wān
凉月③如眉挂柳湾，

yuè zhōng shān sè jìng zhōng kàn
越④中山色镜中看。

lán xī sān rì táo huā yǔ
兰溪三日桃花雨⑤，

bàn yè lǐ yú lái shàng tān
半夜鲤鱼来上滩。

## 汉字学堂

xī 溪

zhào 棹

liáng 凉

méi 眉

wān 湾

yuè 越

lǐ 鲤

tān 滩

难度打卡 ☆☆☆☆☆

## 注释

① 兰溪：兰溪江，也称兰江，浙江富春江上游一支流，在今浙江省兰溪市西南。

② 棹歌：船家摇橹时唱的歌。

③ 凉月：新月。

④ 越：古代东南沿海一带称为越，今浙江省中部。

⑤ 桃花雨：江南春天桃花盛开时下的雨。

## 译文

一弯蛾眉月低挂在水湾的柳梢上，越中水清如镜，两岸秀色尽映水底。兰溪在接连下了三天的春雨后，溪水猛涨，鱼群竟在夜半人静之时纷纷涌上溪头浅滩。

读完用时　　分钟

背诵用时　　分钟

táo huā xī

# 桃花溪①

táng zhāng xù

唐·张旭

yǐn yǐn fēi qiáo gé yě yān

隐隐飞桥②隔野烟，

shí jī xī pàn wèn yú chuán

石矶③西畔问渔船。

táo huā jìn rì suí liú shuǐ

桃花尽日④随流水，

dòng zài qīng xī hé chù biān

洞⑤在清溪何处边。

## 汉字学堂

xù 旭

yǐn 隐

gé 隔

jī 矶

chuán 船

suí 随

难度打卡

**注释**

① 桃花溪：水名，在湖南省桃源县桃源山下。

② 飞桥：指高桥。

③ 石矶：水中积石或水边突出的岩石、石堆。

④ 尽日：整日。

⑤ 洞：指《桃花源记》中武陵渔人找到的洞口。

**译文**

山谷云雾缭绕，溪上的高桥若隐若现。我站在岩石西侧询问捕鱼归来的渔人：桃花随着流水，终日地漂流不尽，你可知桃花源的洞口在清溪的哪边呢？

读完用时　　分钟

背诵用时　　分钟

zhú zhī cí èr shǒu qí yī

# 竹枝词①二首（其一）

táng liú yǔ xī

唐·刘禹锡

yáng liǔ qīng qīng jiāng shuǐ píng

杨柳青青江水平，

wén láng jiāng shàng chàng gē shēng

闻②郎③江上唱歌声。

dōng biān rì chū xī biān yǔ

东边日出西边雨，

dào shì wú qíng què yǒu qíng

道是无晴④却有晴。

## 汉字学堂

zhú 竹　yáng 杨　liǔ 柳　láng 郎　qīng 青　dào 道　biān 边　shēng 声

难度打卡

### 注释

① 竹枝词：古代巴蜀地区的民歌，唱时以笛、鼓伴奏，同时起舞。
② 闻：听到。
③ 郎：古时候对男子的美称。
④ 晴：与“情”谐音，双关妙用。

### 译文

岸上杨柳青青，江中风浪平静，江面上忽然传来男子的唱歌声。歌声中似有似无的情意就像东边出太阳，西边落雨。你说它不是晴天吧，它又是晴天，令人捉摸不透。

读完用时　　分钟

背诵用时　　分钟

# 秋浦歌①（其十五）

qiū pǔ gē qí shí wǔ

唐·李白

táng lǐ bái

bái fà sān qiān zhàng
白发三千丈，

yuán chóu sì gè cháng
缘②愁似个③长。

bù zhī míng jìng lǐ
不知明镜里，

hé chù dé qiū shuāng
何处得秋霜④。

## 思维导图

难度打卡

### 注释

① 秋浦：县名，在今安徽省贵池县西。秋浦因流经县城之西的秋浦河得名。
② 缘：因为。
③ 个：如此，这般。
④ 秋霜：秋霜色白，这里代指白发。

### 译文

头上的白发长达三千丈，是因为忧愁才长得这样长。不知道这明亮镜子里的我，从哪里得来的这满头白发。

读完用时　　分钟

背诵用时　　分钟

lè yóu yuán

# 乐游原①

táng　lǐ shāng yǐn

唐·李商隐

xiàng wǎn yì bú shì

向晚②意不适③，

qū chē dēng gǔ yuán

驱车登古原④。

xī yáng wú xiàn hǎo

夕阳无限好，

zhǐ shì jìn huáng hūn

只是近⑤黄昏。

## 汉字学堂

shāng 商

yóu 游

yì 意

shì 适

qū 驱

hūn 昏

xī 夕

xiàn 限

难度打卡

### 注释

① 乐游原：在长安（今西安）城南，是唐代长安城内地势最高地。

② 向晚：傍晚。

③ 不适：不悦，不快。

④ 古原：指乐游原。

⑤ 近：快要。

### 译文

傍晚时分我心情不太好，独自驱车登上了乐游原。这夕阳晚景的确十分美好，只可惜已临近黄昏。

读完用时　　分钟

背诵用时　　分钟

# 浪淘沙（其七）

làng táo shā　qí qī

浪淘沙（其七）

táng　liú yǔ xī

唐・刘禹锡

bā yuè tāo shēng hǒu dì lái

八月涛①声吼地来，

tóu gāo shù zhàng chù shān huí

头高数丈触山回。

xū yú què rù hǎi mén qù

须臾②却入海门③去，

juǎn qǐ shā duī sì xuě duī

卷起沙堆似雪堆。

## 汉字学堂

tāo 涛　hǒu 吼　shù 数

chù 触　xū 须　yú 臾

juǎn 卷　duī 堆　xuě 雪

难度打卡 ☆☆☆☆☆

### 注释

① 八月涛：浙江省钱塘江潮，每年农历八月十八潮水最大，潮头壁立，汹涌澎湃，犹如万马奔腾，蔚为壮观。

② 须臾：片刻，指极短的时间。

③ 海门：指江海汇合之处。

### 译文

八月的涛声如万马奔腾惊天吼地而来，数丈高的浪头冲向岸边的山石又被撞回。片刻之间，潮水又退向江海汇合之处，它所卷起的座座沙堆在阳光照耀下像洁白的雪堆。

dōng yè dú shū shì zǐ yù
# 冬夜读书示①子聿

sòng lù yóu
宋 · 陆游

读完用时　分钟

背诵用时　分钟

gǔ rén xué wèn wú yí lì
古人学问无遗力②，

shào zhuàng gōng fū lǎo shǐ chéng
少壮工夫③老始④成。

zhǐ shàng dé lái zhōng jué qiǎn
纸⑤上得来终觉浅，

jué zhī cǐ shì yào gōng xíng
绝知⑥此事要躬行⑦。

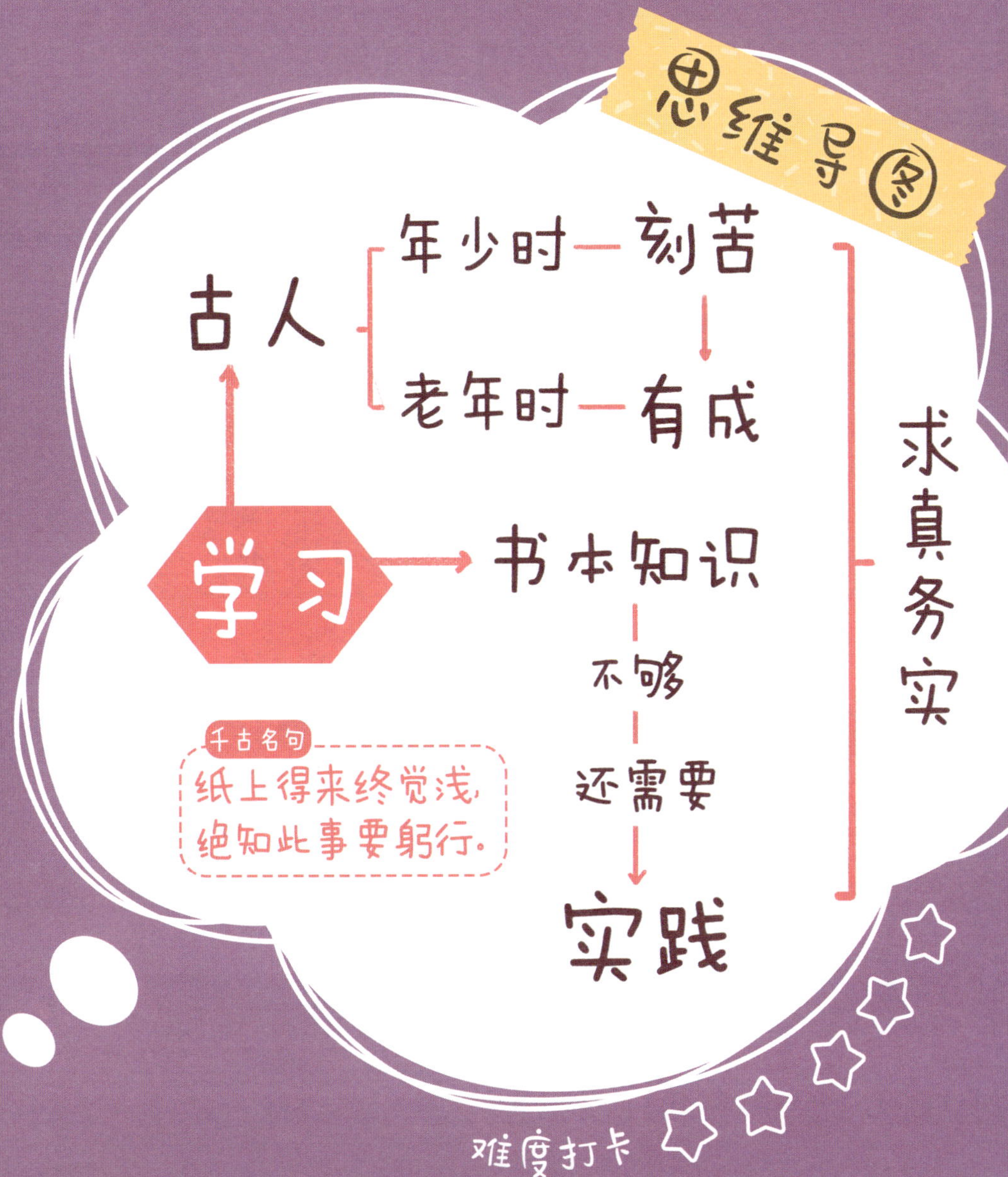


## 注释

① 示：教导。
② 无遗力：不偷懒，用尽全力。遗，保留，存留。
③ 工夫：投入的时间和精力。
④ 始：才。
⑤ 纸：指书本。
⑥ 绝知：深入、透彻地理解。
⑦ 躬行：亲自实践。

## 译文

古人在学习上不遗余力，年轻时下功夫，到老年才会有所成就。从书本上得来的知识毕竟不够完善，要透彻地认识事物还必须亲自实践才行。

读完用时 分钟

背诵用时 分钟

# fáng bīng cáo hú mǎ shī
# 房兵曹①胡马诗

táng dù fǔ
唐 · 杜甫

hú mǎ dà yuān míng, fēng léng shòu gǔ chéng.
胡马大宛②名，锋棱③瘦骨成。

zhú pī shuāng ěr jùn, fēng rù sì tí qīng.
竹批④双耳峻⑤，风入四蹄轻。

suǒ xiàng wú kōng kuò, zhēn kān tuō sǐ shēng.
所向无空阔，真堪⑥托死生。

xiāo téng yǒu rú cǐ, wàn lǐ kě héng xíng.
骁腾⑦有如此，万里可横行。

## 汉字学堂

fēng 锋　léng 棱　pī 批

jùn 峻　kuò 阔　kān 堪

xiāo 骁　tuō 托　téng 腾

难度打卡 ☆☆☆☆☆

### 注释

① 兵曹：兵曹参军的简称，是唐代州府中掌管军事、防务等的官员。

② 大宛：汉代西域国名，其地在今乌兹别克斯坦境内，盛产良马。

③ 锋棱：锋利的棱角。形容马的神骏强悍之状。

④ 竹批：形容马耳尖如削竹，为良马的标志。

⑤ 峻：尖锐。“双耳峻”是良马的特征之一。

⑥ 堪：可以，能够。

⑦ 骁腾：健步奔驰。

### 译文

房兵曹的这匹马是产自大宛国的名马，它那精瘦的筋骨像刀锋一样锋利分明。它的两耳如斜削的竹片一样尖锐，跑起来四蹄生风，好像蹄不践地一样。任何地方它都可以奔腾而过，骑着它驰骋沙场，甚至可托生死。拥有如此勇猛奔腾的良马，可以横行万里之外，为国立功了。

读完用时 分钟

背诵用时

qiū pǔ gē qí shí sì
# 秋浦歌（其十四）

táng lǐ bái
唐·李白

lú huǒ zhào tiān dì
炉火①照天地，

hóng xīng luàn zǐ yān
红星乱紫烟。

nǎn láng míng yuè yè
赧郎②明月夜，

gē qǔ dòng hán chuān
歌曲动寒川。

## 汉字学堂

pǔ 浦

hóng 红

zǐ 紫

nǎn 赧

míng 明

dòng 动

难度打卡

### 注释

① 炉火：指炼铜之炉火。在唐代，秋浦乃产铜之地。

② 赧郎：红脸汉。此指炼铜工人。

### 译文

炉火照彻天地，紫烟中红星乱闪。炼铜工人在明月之夜，一边唱歌一边劳动，他们的歌声响彻了寒冷的山谷。

读完用时 分钟

背诵用时 分钟

# 牧童

唐·吕岩

cǎo pū héng yě liù qī lǐ
草铺横野①六七里，

dí nòng wǎn fēng sān sì shēng
笛弄②晚风三四声。

guī lái bǎo fàn huáng hūn hòu
归来饱饭黄昏后，

bù tuō suō yī wò yuè míng
不脱蓑衣③卧月明④。

注释

① 横野：宽阔的原野。
② 弄：逗弄，玩弄。
③ 蓑衣：用草或棕毛编织成的，披在身上的防雨用具，用来遮风挡雨。
④ 卧月明：躺着观看明亮的月亮。

译文

广阔的原野绿草如茵，一望无垠。笛声在晚风中断断续续地传来，悠扬悦耳。牧童回来吃饱了饭，已是黄昏之后了，他连蓑衣都没脱，就躺在草地上看天空中的圆月。

读完用时　　分钟

背诵用时　　分钟

zhōu guò ān rén

# 舟过安仁①

sòng yáng wàn lǐ

宋·杨万里

yí yè yú chuán liǎng xiǎo tóng

一叶渔船两小童，

shōu gāo tíng zhào zuò chuán zhōng

收篙②停棹③坐船中。

guài shēng wú yǔ dōu zhāng sǎn

怪生④无雨都张伞，

bú shì zhē tóu shì shǐ fēng

不是遮头是使风⑤。

## 汉字学堂

| | | | |
|---|---|---|---|
| rén 仁 | tóng 童 | shōu 收 | guài 怪 |
| zhē 遮 | gāo 篙 | sǎn 伞 | dōu 都 |

难度打卡

### 注释

① 安仁：县名，今江西省余江县。

② 篙：撑船用的竹竿或木杆。

③ 棹：船桨。

④ 怪生：怪不得。

⑤ 使风：指两个小孩用伞当帆，让风来帮忙，促使渔船向前行驶。

### 译文

一只小小的渔船上有两个孩子，他们收起了竹竿，停下了船桨，坐在船中。怪不得没下雨他们就张开了伞，原来他们不是为了遮雨，而是想利用伞当帆让船借风前进。

读完用时 分钟

背诵用时 分钟

# 秋思
qiū sī

táng zhāng jí
唐·张籍

luò yáng chéng lǐ jiàn qiū fēng
洛阳城里见秋风，

yù zuò jiā shū yì wàn chóng
欲作家书意万重①。

fù kǒng cōng cōng shuō bú jìn
复恐②匆匆说不尽，

xíng rén lín fā yòu kāi fēng
行人③临发又开封④。

## 汉字学堂

| | | | | | | | |
|---|---|---|---|---|---|---|---|
| luò | jí | zuò | chóng | fù | fēng | cōng |
| 洛 | 籍 | 作 | 重 | 复 | 封 | 匆 |

难度打卡

### 注释

① 意万重：形容思绪万千。
② 复恐：又恐怕。
③ 行人：指送信的人。
④ 开封：拆开已经封好的家书。

### 译文

洛阳城里刮起了秋风，打算写封家书问候平安，可心中思绪万千，不知从何说起。又担心时间匆忙，没有把自己想要说的话写完，在送信的人即将出发前，又打开信封检查。

# 过华清宫①（其一）

guò huá qīng gōng qí yī

唐·杜牧

táng dù mù

cháng ān huí wàng xiù chéng duī
长安回望绣成堆②，

shān dǐng qiān mén cì dì kāi
山顶千门③次第开。

yì qí hóng chén fēi zǐ xiào
一骑红尘④妃子⑤笑，

wú rén zhī shì lì zhī lái
无人知是荔枝来。

读完用时　分钟

背诵用时　分钟

难度打卡 ☆☆☆☆☆

## 注释

① 华清宫：在骊山上，开元十一年（公元 723 年）初置温泉宫。天宝六年（公元 747 年）改为华清宫。

② 绣成堆：骊山右侧有东绣岭，左侧有西绣岭。

③ 千门：形容山顶宫殿壮丽，门户众多。

④ 红尘：这里指飞扬的尘土。

⑤ 妃子：指杨贵妃。

## 译文

从长安回望，骊山景致宛如团团锦绣，山顶上的华清宫宫门依次打开。只见千里马飞奔而来，带起阵阵扬尘，妃子嫣然一笑，没有人能想到这马只是送来了千里之外的荔枝。

读完用时　　分钟

背诵用时　　分钟

# 月夜
yuè yè

táng liú fāng píng
唐·刘方平

gēng shēn yuè sè bàn rén jiā
更深①月色半人家，

běi dǒu lán gān nán dǒu xié
北斗②阑干③南斗④斜。

jīn yè piān zhī chūn qì nuǎn
今夜偏知⑤春气暖，

chóng shēng xīn tòu lǜ chuāng shā
虫声新⑥透绿窗纱。

## 汉字学堂

chóng 虫　piān 偏　dǒu 斗　tòu 透　lǜ 绿　shā 纱　chuāng 窗

难度打卡

### 注释

① 更深：夜深了。古时一夜分为五更。

② 北斗：在北方天空排列成斗形的七颗亮星。

③ 阑干：这里指横斜的样子。

④ 南斗：有星六颗。在北斗星以南，形似斗，故称“南斗”。

⑤ 偏知：才知。

⑥ 新：初。

### 译文

夜深了，庭院一半被月光笼罩，另一半被夜色笼罩；横斜的北斗星和倾斜的南斗星挂在天际，快要隐落了。就在这更深人静、夜寒袭人的时候，忽然感到了春天温暖的气息；你听，冬眠后小虫的叫声，第一次透过绿色纱窗传进了屋里。

读完用时 分钟

背诵用时 分钟

# 新雷①

清 · 张维屏

造物②无言却有情，
每于③寒尽觉春生。
千红万紫安排著④，
只待新雷第一声。

## 汉字学堂

| léi | zào | wù |
|---|---|---|
| 雷 | 造 | 物 |

| qíng | měi | pái |
|---|---|---|
| 情 | 每 | 排 |

| zhuó | dài | dì |
|---|---|---|
| 著 | 待 | 第 |

难度打卡 ☆☆☆☆☆

### 注释

① 新雷：春天的第一道雷声。

② 造物：指天。古人认为天造万物。

③ 每于：每逢，常常在。

④ 著：同“着”，助词。

### 译文

大自然虽然默默无言，但有感情。每当寒冬将尽时春天便已悄悄来临了。万紫千红的花朵都已各就各位，就待新雷一响，便会竞相开放。

读完用时 分钟

背诵用时 分钟

# 菊花
jú huā

táng yuán zhěn
唐·元稹

qiū cóng rào shè sì táo jiā
秋丛①绕舍②似陶③家，

biàn rào lí biān rì jiàn xié
遍绕篱边日渐斜。

bú shì huā zhōng piān ài jú
不是花中偏爱菊，

cǐ huā kāi jìn gèng wú huā
此花开尽更④无花。

## 汉字学堂

cóng 丛

jú 菊

táo 陶

rào 绕

cǐ 此

wú 无

难度打卡

### 注释

① 秋丛：指丛丛秋菊。

② 舍：房子。

③ 陶：指东晋诗人陶渊明。

④ 更：再。

### 译文

一丛一丛的秋菊环绕着房屋，看起来仿佛是东晋大诗人陶渊明的家。我绕着篱笆观赏菊花，不知不觉太阳已经快落山了。不是因为百花中偏爱菊花，只是因为菊花开过之后再没有别的花可赏了。

读完用时　　分钟

背诵用时　　分钟

mò zhú tú tí shī
# 墨竹图题诗

qīng zhèng xiè
清·郑燮

yá zhāi wò tīng xiāo xiāo zhú
衙斋①卧听萧萧②竹，

yí shì mín jiān jí kǔ shēng
疑是民间疾苦声③。

xiē xiǎo wú cáo zhōu xiàn lì
些小④吾曹州县吏，

yì zhī yí yè zǒng guān qíng
一枝一叶⑤总关情⑥。

## 汉字学堂

| | | |
|---|---|---|
| tú 图 | yá 衙 | zhāi 斋 |
| xiāo 萧 | kǔ 苦 | xiē 些 |
| wú 吾 | xiàn 县 | lì 吏 |

难度打卡 ☆☆☆☆☆

### 注释

① 衙斋：官衙中供官员居住和休息之所。
② 萧萧：拟声词，形容草木摇动之声。
③ 疾苦声：百姓啼饥号寒的怨声。
④ 些小：很小，这里指官职卑微。
⑤ 一枝一叶：用竹子枝叶来比喻百姓的各种小事。
⑥ 关情：牵动情怀。

### 译文

在衙门里休息的时候，听见竹叶萧萧作响，仿佛听见了百姓啼饥号寒的怨声。我们虽然只是州县里的小官吏，但百姓的每一件小事都在牵动着我们的感情。

读完用时　　分钟

背诵用时　　分钟

tí cháng sōng tú
# 题长松图

xiàn dài　qǐ gōng
现代·启功

yù yù cháng sōng jiàn bì shēng
郁郁①长松涧壁②生，

yì gāo yì xià bàn tiān qīng
亦高亦下③半天青。

ǒu rán yáo hè fēng huáng yùn
偶然摇和风篁④韵，

rú tīng qín tái wàn gǔ shēng
如听琴台万古⑤声。

## 汉字学堂

sōng 松　qǐ 启　yù 郁

jiàn 涧　ǒu 偶　qín 琴

yùn 韵　rán 然

难度打卡

### 注释

① 郁郁：形容松树枝叶苍翠茂盛的样子。

② 涧壁：山涧峭壁。

③ 亦高亦下：或高或低。

④ 篁：竹林，也指竹子。

⑤ 万古：千年万代。

### 译文

郁郁葱葱的松柏在涧边峭壁上生长，有的长在山的高处，有的长在山脚下，茂密的枝叶几乎遮住了半个天空。偶然间，风吹青松的声音和风吹竹林的韵味遥相呼应，听着就像是高明的琴师在琴台弹奏的乐曲从悠远的古代传来。

读完用时　　分钟

背诵用时　　分钟

# 七步诗
qī bù shī

sān guó wèi cáo zhí
三国・魏・曹植

zhǔ dòu chí zuò gēng lù shū yǐ wéi zhī
煮豆持①作羹，漉②菽③以为汁。

qí zài fǔ xià rán dòu zài fǔ zhōng qì
萁④在釜⑤下燃，豆在釜中泣。

běn zì tóng gēn shēng xiāng jiān hé tài jí
本自同根生，相煎⑥何太急？

## 汉字学堂

| | | | | | | | | |
|---|---|---|---|---|---|---|---|---|
| zhí 植 | zhǔ 煮 | chí 持 | zhī 汁 | rán 燃 | qì 泣 | jiān 煎 | jí 急 |

难度打卡 ☆☆☆☆☆

### 注释

① 持：用。

② 漉：过滤。

③ 菽：豆。这里指过滤豆子的残渣，留下豆汁做成羹。

④ 萁：豆类植物脱粒后剩下的茎。

⑤ 釜：锅。

⑥ 煎：煎熬。这里指迫害。

### 译文

锅里煮着豆子，是想把豆子的残渣过滤后，留下豆汁来做成羹。豆秸在锅底下燃烧，豆子在锅里面哭泣。豆子和豆秸本来是同一条根上生长出来的，豆秸怎能这样急迫地煎熬豆子呢？

读完用时 分钟

背诵用时 分钟

# bà shàng qiū jū
# 灞上[1]秋居

táng mǎ dài
唐·马戴

bà yuán fēng yǔ dìng，wǎn jiàn yàn háng pín。
灞原风雨定，晚见雁行频。

luò yè tā xiāng shù，hán dēng dú yè rén。
落叶他乡树，寒灯独夜人。

kōng yuán bái lù dī，gū bì yě sēng lín。
空园白露滴，孤壁野僧邻。

jì wò jiāo fēi jiǔ，hé nián zhì cǐ shēn。
寄卧郊扉[2]久，何年致此身[3]。

## 汉字学堂

| | | | | | | | | |
|---|---|---|---|---|---|---|---|---|
| jū | pín | dī | sēng | lín | wò | jiāo | fēi | zhì |
| 居 | 频 | 滴 | 僧 | 邻 | 卧 | 郊 | 扉 | 致 |

难度打卡 ☆☆☆☆☆

### 注释

① 灞上：古代地名，位于今陕西西安东。

② 郊扉：郊居，指郊外的屋舍。

③ 致此身：以此身为国君报效尽力。

### 译文

灞原上的秋风细雨直到傍晚才停，接连不断的雁群在暮霭沉沉的天际急急飞过。片片黄叶从异乡的树上飘落，寒灯照着孤独不眠的人。空园里只有露珠滴落在枯叶上的声音，孤单无依的我与一个闲云野鹤的僧人为邻。我寄居在荒郊为时已久，何时才能报效国家呢？

读完用时　　分钟

背诵用时　　分钟

tí lǐ níng yōu jū
# 题李凝幽居

táng jiǎ dǎo
唐 · 贾 岛

xián jū shǎo lín bìng， cǎo jìng rù huāng yuán。
闲居少①邻并，草径入荒园。
niǎo sù chí biān shù， sēng qiāo yuè xià mén。
鸟宿池边树，僧敲月下门。
guò qiáo fēn yě sè， yí shí dòng yún gēn。
过桥分野色②，移石动云根③。
zàn qù huán lái cǐ， yōu qī bú fù yán。
暂去还来此，幽期④不负言⑤。

## 汉字学堂

yōu 幽

huāng 荒

niǎo 鸟

gēn 根

zàn 暂

qī 期

fù 负

难度打卡

### 注释

① 少：不多。

② 分野色：山野景色被桥分开。

③ 云根：古人认为“云触石而生”，故称石为云根。这里指石根云气。

④ 幽期：隐居的约定。幽，隐居。期，约定。

⑤ 负言：指不守承诺、失信的意思。

### 译文

幽居的地方很少有邻居，沿着杂草丛生的小路便能进入荒芜小园。鸟儿自由地栖息在池边的树上，皎洁的月光下僧人正敲着山门。走过桥能看见原野迷人的景色，云脚在飘动，山石也好像在移动。我只是暂时离开这里，不久就将归来，相约共同归隐，绝不失约。

读完用时 分钟

背诵用时 分钟

niǎo
# 鸟

táng　bái jū yì
唐·白居易

shuí dào qún shēng xìng mìng wēi
谁道①群生性命微？

yì bān gǔ ròu yì bān pí
一般骨肉一般皮。

quàn jūn mò dǎ zhī tóu niǎo
劝君莫②打枝头鸟，

zǐ zài cháo zhōng wàng mǔ guī
子③在巢中望母归④。

## 汉字学堂

qún 群

shuí 谁

ròu 肉

wēi 微

xìng 性

cháo 巢

bān 般

mìng 命

难度打卡

### 注释

① 道：说。

② 莫：不要。

③ 子：小鸟，幼鸟。

④ 望：盼望。

### 译文

谁说这群鸟儿的生命微不足道？它们和人类一样有血有肉。劝你不要打枝头上的鸟儿，因为幼鸟还在巢中盼望着它们母亲的归来。

| 读完用时 | | 分钟 |
|---|---|---|
| 背诵用时 | | 分钟 |

# 前出塞（其六）
qián chū sài（qí liù）

táng dù fǔ
唐·杜甫

wǎn gōng dāng wǎn qiáng，yòng jiàn dāng yòng cháng。
挽①弓当挽强②，用箭当用长③。

shè rén xiān shè mǎ，qín zéi xiān qín wáng。
射人先射马，擒④贼先擒王。

shā rén yì yǒu xiàn，liè guó zì yǒu jiāng。
杀人亦有限，列国自有疆⑤。

gǒu néng zhì qīn líng，qǐ zài duō shā shāng。
苟⑥能制侵陵⑦，岂⑧在多杀伤。

## 汉字学堂

wǎn 挽　qiáng 强　jiàn 箭

shè 射　zéi 贼　liè 列

gǒu 苟　zhì 制　qīn 侵

难度打卡 ☆☆☆☆☆

## 注释

① 挽：拉。
② 强：指硬弓、弹力大的弓。
③ 长：指长箭。
④ 擒：捉拿。
⑤ 疆：边界。
⑥ 苟：如果。
⑦ 侵陵：侵犯。
⑧ 岂：难道。

## 译文

拉弓要拉最硬的弓，射箭要射最长的箭。射人先要射马，擒拿敌人先要擒住他们的首领。杀人要有个限度，各个国家得有边界。只要能够制止敌人的侵犯就可以了，难道打仗就是为了多杀人吗？

读完用时 分钟

背诵用时 分钟

chú yè
# 除夜①

sòng wén tiān xiáng
宋·文天祥

qián kūn kōng luò luò, suì yuè qù táng táng
乾坤②空落落，岁月③去堂堂④；

mò lù jīng fēng yǔ, qióng biān bǎo xuě shuāng
末路⑤惊风雨，穷边⑥饱雪霜。

mìng suí nián yù jìn, shēn yǔ shì jù wàng
命随年欲尽，身与世俱忘；

wú fù tú sū mèng, tiǎo dēng yè wèi yāng
无复屠苏⑦梦，挑灯夜未央⑧。

## 汉字学堂

mò 末

xiáng 祥

bǎo 饱

jù 俱

yāng 央

shì 世

tiǎo 挑

wàng 忘

难度打卡

## 注释

① 除夜：指除夕。

② 乾坤：指天地，即空间。

③ 岁月：时间。

④ 堂堂：跨步行走的样子。

⑤ 末路：指自己被俘虏，不望生还，踏上了生命的最后一段路。

⑥ 穷边：极远的边地。

⑦ 屠苏：旧历新年，有合家喝“屠苏酒”的习惯。

⑧ 夜未央：夜已深而未尽。

## 译文

天地之间一片空旷，时间大步离我而去，没有停留。在人生的末路上，因为寒风苦雨而受惊，在偏僻的边疆又饱经了冰雪寒霜。如今我的生命跟这一年一样快要结束了，我和我一生的经历也会被遗忘。以后再也梦不到过新年喝屠苏酒了，只能在漫漫长夜里拨动灯火。

# huì zhōu yì jué
# 惠州一绝

sòng　　sū shì
宋 · 苏 轼

luó fú shān xià sì shí chūn
罗浮山①下四时春，

lú jú yáng méi cì dì xīn
卢橘②杨梅次第新。

rì dàn lì zhī sān bǎi kē
日啖③荔枝三百颗，

bù cí cháng zuò lǐng nán rén
不辞④长作岭南⑤人。

## 汉字学堂

luó 罗　jú 橘　lú 卢　cì 次　lì 荔　kē 颗　cí 辞

难度打卡

### 注释

① 罗浮山：在广东博罗、增城、龙门三县交界处，方圆 260 平方公里，风景秀丽，有“岭南第一山”之称。

② 卢橘：橘的一种，因其色黑，故名“卢橘”。但在苏东坡诗中指枇杷。

③ 啖：吃。

④ 不辞：一作“不妨”。

⑤ 岭南：在古代被称为南蛮之地，因当时人烟稀少，中原人都不愿意去。

### 译文

罗浮山下四季如春，枇杷和杨梅这些水果天天都有新鲜的。若是每天可以吃三百颗荔枝，我愿意永远都做岭南的人。

yuè yè yì shè dì

# 月夜忆舍弟[1]

táng dù fǔ

唐·杜甫

读完用时 分钟

背诵用时 分钟

shù gǔ duàn rén xíng, biān qiū yí yàn shēng.

戍鼓[2]断人行[3]，边秋[4]一雁声。

lù cóng jīn yè bái, yuè shì gù xiāng míng.

露[5]从今夜白，月是故乡明。

yǒu dì jiē fēn sàn, wú jiā wèn sǐ shēng.

有弟皆分散，无家问死生。

jì shū cháng bù dá, kuàng nǎi wèi xiū bīng.

寄书长[6]不达，况乃[7]未休兵。

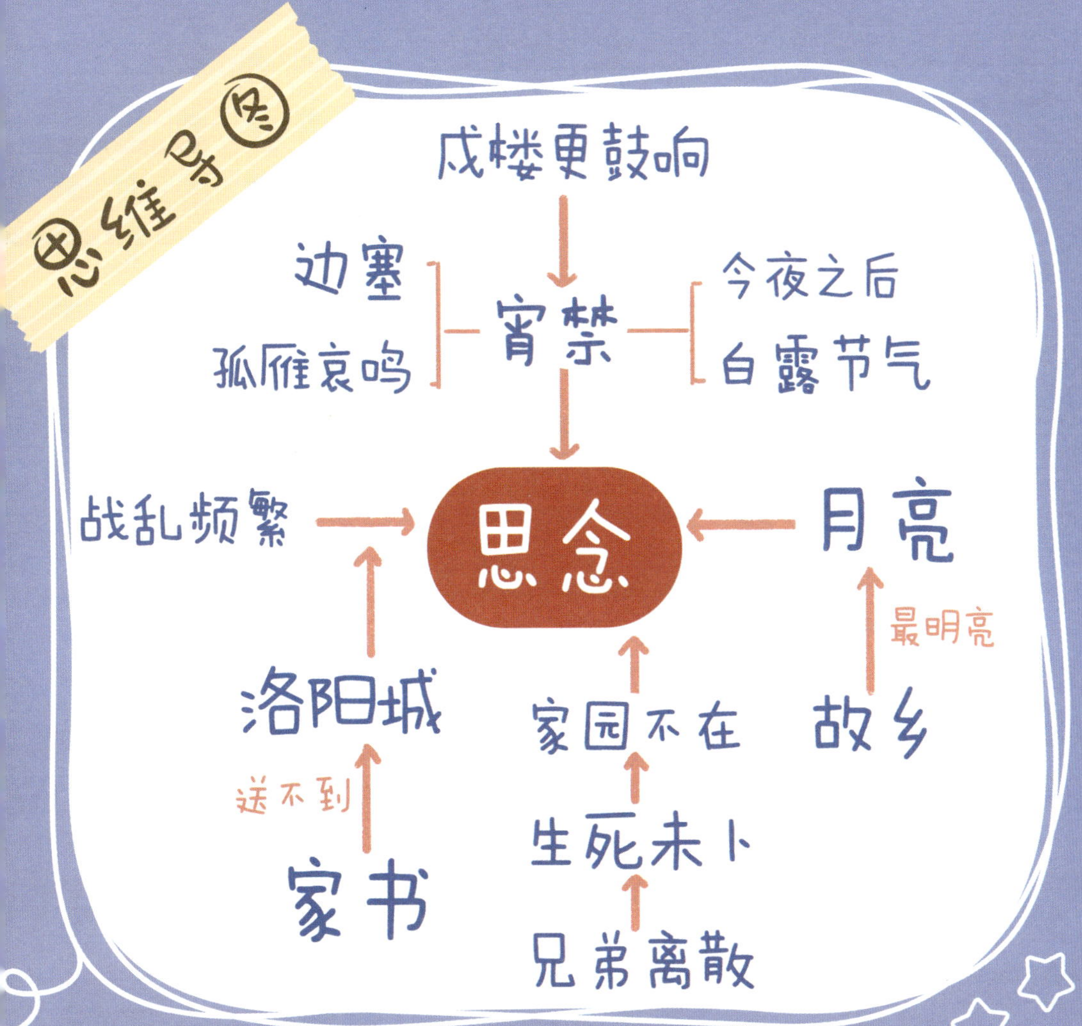


难度打卡

## 注释

① 舍弟：谦称自己的弟弟。
② 戍鼓：戍楼上的更鼓。
③ 断人行：指鼓声响起后，就开始宵禁。
④ 边秋：秋天的边塞。
⑤ 露：指“白露”节气，二十四节气中的第十五个节气。
⑥ 长：一直，老是。
⑦ 况乃：何况是。

## 译文

戍楼上的更鼓声响起，路上断绝了行人，秋天的边塞传来了孤雁的哀鸣。从今夜开始进入了白露节气，月亮还是故乡的最明亮。虽然有兄弟，但都离散天各一方，已经无法打听到他们的消息。平时寄书信尚且常常不能送达，何况现在战乱频繁，战事还没有停止。

读完用时 分钟

背诵用时 分钟

# kè zhōng xíng
# 客中行①

táng lǐ bái
唐·李白

lán líng měi jiǔ yù jīn xiāng
兰陵②美酒郁金香③，

yù wǎn chéng lái hǔ pò guāng
玉碗④盛来琥珀⑤光。

dàn shǐ zhǔ rén néng zuì kè
但使⑥主人能醉客，

bù zhī hé chù shì tā xiāng
不知何处是他乡。

## 汉字学堂

jīn 金

líng 陵

chéng 盛

wǎn 碗

hǔ 琥

pò 珀

难度打卡

### 注释

① 客中：指旅居他乡。

② 兰陵：今山东省临沂市苍山县兰陵镇；一说位于今四川省境内。

③ 郁金香：指一种香草，用来浸酒，浸后酒呈金黄色。

④ 玉碗：玉制的食具，亦泛指精美的碗。

⑤ 琥珀：一种树脂化石，呈黄色或赤褐色，色泽晶莹剔透。

⑥ 但使：只要。

### 译文

兰陵美酒甘醇醉人，散发着浓郁的香气，盛满玉碗，色泽如琥珀般透彻晶莹。只要主人同我一起畅饮，一醉方休，哪里还管这里是家乡还是异乡呢？

读完用时

背诵用时

yí ài sì
# 遗爱寺①

táng bái jū yì
唐·白居易

nòng shí lín xī zuò
弄石②临溪坐，

xún huā rào sì xíng
寻花绕寺行。

shí shí wén niǎo yǔ
时时闻鸟语③，

chù chù shì quán shēng
处处是泉声。

## 汉字学堂

nòng 弄

zuò 坐

xún 寻

shí 时

xíng 行

chù 处

yǔ 语

难度打卡 ☆☆☆☆☆

**注释**

① 遗爱寺：寺名，位于庐山香炉峰下。

② 弄石：将石头拿在手里玩。

③ 鸟语：鸟鸣声。

**译文**

我坐在小溪边，手里玩着石子。为了探寻绚丽的花儿，我绕着山寺的小路行走。不时听到小鸟的啼鸣声，到处都能听到泉水的叮咚声。

读完用时 分钟

背诵用时 分钟

# jì yáng zhōu hán chuò pàn guān
# 寄扬州韩绰判官

táng dù mù
唐・杜牧

qīng shān yǐn yǐn shuǐ tiáo tiáo
青山隐隐水迢迢①，

qiū jìn jiāng nán cǎo wèi diāo
秋尽江南草未凋②。

èr shí sì qiáo míng yuè yè
二十四桥③明月夜，

yù rén hé chù jiāo chuī xiāo
玉人④何处教吹箫。

## 汉字学堂

jì 寄　hán 韩　tiáo 迢

cǎo 草　diāo 凋　xiāo 箫

jiāo 教　chuī 吹

难度打卡

### 注释

① 迢迢：指江水悠长遥远。

② 草未凋：一作“草木凋”。

③ 二十四桥：一说扬州城里原有二十四座桥，一说即吴家砖桥，因古时有二十四位美人吹箫于桥上而得名。

④ 玉人：既可形容美丽的女子，也可比喻俊美的才郎。这里指韩绰。

### 译文

青山隐隐起伏，江流千里迢迢。时令已过深秋，江南草木依旧繁茂。扬州二十四桥上月色格外妖娆，老友你今夜又在何处教美人吹箫？

# guān liè
# 观 猎

táng wáng wéi
唐 · 王 维

fēng jìn jiǎo gōng míng jiāng jūn liè wèi chéng
风劲①角弓②鸣，将军猎渭城③。

cǎo kū yīng yǎn jí xuě jìn mǎ tí qīng
草枯鹰眼疾④，雪尽马蹄轻。

hū guò xīn fēng shì huán guī xì liǔ yíng
忽过新丰市⑤，还归细柳营⑥。

huí kàn shè diāo chù qiān lǐ mù yún píng
回看射雕处，千里暮云平⑦。

## 汉字学堂

| | | |
|---|---|---|
| liè 猎 | jìn 劲 | míng 鸣 |
| kū 枯 | yīng 鹰 | jí 疾 |
| tí 蹄 | yíng 营 | diāo 雕 |

难度打卡 ☆☆☆☆☆

### 注释

① 劲：强劲。

② 角弓：用兽角装饰的硬弓。

③ 渭城：秦时咸阳城，汉改称渭城，在今西安市西北，渭水北岸。

④ 眼疾：目光敏锐。

⑤ 新丰市：故址在今陕西省临潼县东北，是古代盛产美酒的地方。

⑥ 细柳营：在今陕西省长安县，是汉代名将周亚夫屯军之地。借此指打猎将军所居军营。

⑦ 暮云平：傍晚的云层与大地连成一片。

### 译文

角弓上的箭射了出去，弦声和着强风一起呼啸，将军的猎骑飞驰在渭城的近郊。枯萎的野草遮不住尖锐的鹰眼，积雪融化后，马儿跑得格外轻快。转眼间，猎骑穿过了新丰市，不久就回到细柳营。回头望向那射落大雕的地方，千里无垠，傍晚的云层和大地连成一片。

读完用时　　分钟

背诵用时　　分钟

tiān zhú sì bā yuè shí wǔ rì yè guì zǐ

# 天竺寺[1]八月十五日夜桂子[2]

táng pí rì xiū

唐 · 皮日休

yù kē shān shān xià yuè lún

玉颗珊珊下月轮，

diàn qián shí dé lù huá xīn

殿前拾得露华新[3]。

zhì jīn bú huì tiān zhōng shì

至今不会天中事，

yīng shì cháng é zhì yǔ rén

应是嫦娥[4]掷与人。

## 汉字学堂

lún 轮

shān 珊

diàn 殿

shí 拾

huá 华

zhì 掷

难度打卡

### 注释

① 天竺寺：今称法镜寺，位于灵隐山（飞来峰）山麓。

② 桂子：特指为桂花。

③ 露华新：桂花花瓣带着露珠更显湿润。

④ 嫦娥：中国神话中的人物。

### 译文

零落的桂花花瓣，好像一颗颗玉珠从月上散落下来。拾起殿前的桂花，只见上面还有星星点点刚凝结起来的露水。我到现在也不知道天上发生了什么事，这桂花大概是嫦娥撒下来给予众人的吧。

读完用时　　分钟

背诵用时　　分钟

féng xuě sù fú róng shān zhǔ rén

# 逢雪宿芙蓉山主人[1]

táng liú zhǎng qīng

唐 · 刘长卿

rì mù cāng shān yuǎn

日暮[2]苍山[3]远，

tiān hán bái wū pín

天寒白屋[4]贫。

chái mén wén quǎn fèi

柴门闻犬吠[5]，

fēng xuě yè guī rén

风雪夜归人[6]。

## 汉字学堂

fú 芙　róng 蓉　yuǎn 远

wū 屋　pín 贫　chái 柴

quǎn 犬　fèi 吠

难度打卡

### 注释

① 芙蓉山主人：各地以芙蓉命山名者甚多，这里大约是指湖南桂阳或宁乡的芙蓉山。主人，即指留诗人借宿者。

② 日暮：傍晚的时候。

③ 苍山：青黑色的山。

④ 白屋：未加修饰的简陋茅草房。一般指贫苦人家。

⑤ 犬吠：狗叫。

⑥ 夜归人：夜间回来的人。

### 译文

暮色降临时，苍青色的山显得更遥远。天气寒冷时，简陋的茅草屋显得更加贫穷。柴门外突然传来了狗叫声，原来是有人正冒着风雪归家呢。

# 杂诗（其二）

zá shī qí èr

唐 · 王维

táng wáng wéi

读完用时 分钟

背诵用时 分钟

jūn zì gù xiāng lái
君自故乡来，

yīng zhī gù xiāng shì
应知故乡事。

lái rì qǐ chuāng qián
来日①绮窗②前，

hán méi zhuó huā wèi
寒梅著花未③？

## 汉字学堂

xiāng 乡

yīng 应

shì 事

qǐ 绮

qián 前

méi 梅

难度打卡

### 注释

① 来日：来的时候。

② 绮窗：雕画花纹的窗户。

③ 著花未：开花没有。著（zhuó）花，开花。未，用于句末，相当于“否”，表疑问。

### 译文

您是刚从我们家乡来的，一定了解家乡的事。请问您来的时候我家雕画花纹的窗户前，那一株梅花开了没有？

读完用时　　分钟

背诵用时　　分钟

# quàn xué
# 劝学

táng　yán zhēn qīng
唐·颜真卿

sān gēng dēng huǒ wǔ gēng jī
三更①灯火五更鸡②，

zhèng shì nán ér dú shū shí
正是男儿读书时。

hēi fà bù zhī qín xué zǎo
黑发③不知勤学早，

bái shǒu fāng huǐ dú shū chí
白首④方⑤悔读书迟。

## 汉字学堂

xué 学　jī 鸡　zhèng 正　dú 读　nán 男　huǐ 悔　qín 勤

难度打卡 ☆☆☆☆☆

### 注释

① 更：古时夜间计算时间的单位。

② 五更鸡：天快亮时，鸡啼叫。

③ 黑发：年少时期，指少年。

④ 白首：头发白了，这里指老年。

⑤ 方：才。

### 译文

每天晚上在灯下学习到三更，待五更鸡叫的时候，又早起学习，这一早一晚，正是男儿读书的好时候。少年时不知道早起勤奋学习，到老了后悔读书少就太迟了。

读完用时 分钟
背诵用时 分钟

# 八阵图①

唐·杜甫

功盖②三分国③，
名成八阵图。
江流石不转④，
遗恨失吞吴⑤。

## 汉字学堂

gōng 功

fēn 分

guó 国

zhèn 阵

chéng 成

zhuǎn 转

tūn 吞

hèn 恨

难度打卡

### 注释

① 八阵图：指由天、地、风、云、龙、虎、鸟、蛇八种阵式所组成的军事操练和作战的阵图，为诸葛亮所创。

② 盖：超过。

③ 三分国：指三国时魏、蜀、吴三国。

④ 石不转：指涨水时，八阵图的石块仍然不动。

⑤ 失吞吴：是吞吴失策的意思。

### 译文

三国鼎立，孔明的功勋最为卓著，他创制的八阵图，更是名扬千古。任凭江流冲击，石头却依然如故，千年遗恨在于刘备失策想吞吴。

读完用时 分钟

背诵用时 分钟

# 海棠

hǎi táng

sòng sū shì
宋·苏轼

dōng fēng niǎo niǎo fàn chóng guāng
东风①袅袅②泛③崇光④，

xiāng wù kōng méng yuè zhuǎn láng
香雾空蒙月转廊。

zhǐ kǒng yè shēn huā shuì qù
只恐夜深花睡去，

gù shāo gāo zhú zhào hóng zhuāng
故⑤烧高烛照红妆⑥。

## 汉字学堂

| | | | | | |
|---|---|---|---|---|---|
| niǎo | táng | fàn | wù | láng | gāo |
| 袅 | 棠 | 泛 | 雾 | 廊 | 高 |

难度打卡

### 注释

① 东风：春风。

② 袅袅：微风轻轻吹拂的样子。

③ 泛：摇动。

④ 崇光：高贵华美的光泽，指正在增长的春光。

⑤ 故：于是。

⑥ 红妆：这里是用美女比海棠。

### 译文

袅袅的春风吹拂着海棠，花儿透出美妙的光华，迷茫的夜雾中弥漫着花香，朦胧的月光转过回廊。只怕夜深人静海棠花也睡去了，于是点燃高高的蜡烛，来照亮这盛放的海棠。

读完用时 分钟

背诵用时 分钟

# 秋夕[1]

唐·杜牧

银烛[2]秋光冷画屏[3]，
轻罗小扇[4]扑流萤[5]。
天阶[6]夜色凉如水，
坐[7]看牵牛织女星。

## 汉字学堂

lěng 冷

píng 屏

qīng 轻

shàn 扇

yíng 萤

jiē 阶

难度打卡

### 注释

① 秋夕：指秋天的夜晚。

② 银烛：白色精美的蜡烛。

③ 画屏：画有图案的屏风。

④ 轻罗小扇：轻巧的丝质团扇。

⑤ 流萤：飞动的萤火虫。

⑥ 天阶：露天的石阶。

⑦ 坐：一作“卧”。

### 译文

烛光和月光映照在画有图案的屏风上，使屏风更显幽冷，宫女手拿小扇扑打飞来飞去的萤火虫。夜色深沉，石阶清凉如水，宫女坐在石阶上，仰望着天上的牵牛星和织女星。

# cán fù
# 蚕妇①

sòng zhāng yú
宋・张俞

zuó rì rù chéng shì
昨日入城市，

guī lái lèi mǎn jīn
归来泪满巾②。

biàn shēn luó qǐ zhě
遍身③罗绮④者，

bú shì yǎng cán rén
不是养蚕人。

读完用时　　分钟

背诵用时　　分钟

## 汉字学堂

fù 妇

cán 蚕

zuó 昨

lèi 泪

jīn 巾

yǎng 养

难度打卡 ☆☆☆☆☆

### 注释

① 蚕妇：养蚕的妇女。

② 巾：手巾或其他用来擦抹的小块布。

③ 遍身：全身上下。

④ 罗绮：丝织品的统称，这里指用丝绸做的衣服。

### 译文

昨天到城里卖蚕丝，回来时眼泪沾湿了手巾。那些身上穿着绫罗绸缎的人，都不是养蚕的人。

读完用时　　分钟

背诵用时　　分钟

# xiāng sī
# 相思①

táng wáng wéi
唐·王维

hóng dòu shēng nán guó
红豆②生南国，

chūn lái fā jǐ zhī
春来发几枝。

yuàn jūn duō cǎi xié
愿君多采撷③，

cǐ wù zuì xiāng sī
此物最相思。

## 汉字学堂

shēng 生

fā 发

yuàn 愿

xié 撷

zuì 最

xiāng 相

难度打卡

**注释**

① 相思：题一作“相思子”，又作“江上赠李龟年”。

② 红豆：又名相思子，一种生在江南地区的植物的种子，呈鲜红色。

③ 采撷：采摘。

**译文**

红豆生长在南方，每逢春天便会长出许多新枝。希望思念的人儿多多采摘，因为它最能寄托相思之情。

读完用时 分钟

背诵用时 分钟

guò fēn shuǐ lǐng

# 过分水岭①

táng wēn tíng yún

唐·温庭筠

xī shuǐ wú qíng sì yǒu qíng

溪水无情似有情，

rù shān sān rì dé tóng xíng

入山三日得同行。

lǐng tóu bià shì fēn tóu chù

岭头②便是分头处，

xī bié chán yuán yí yè shēng

惜别潺湲③一夜声。

## 汉字学堂

wēn 温

yún 筠

xī 惜

bié 别

biàn 便

chán 潺

难度打卡

### 注释

① 分水岭：一般指两个流域分界的山。

② 岭头：山头。

③ 潺湲：河水缓缓流动的样子。这里是指溪水流动的声音。

### 译文

溪水奔流，看上去无情却有情，进入山中三天，溪水总是伴着我前行。登上岭头，就要和溪水分头而行，听到流水一夜潺湲作响如同深情的惜别之声。

读完用时 分钟

背诵用时 分钟

zèng huā qīng

# 赠花卿[1]

táng dù fǔ

唐 · 杜甫

jǐn chéng sī guǎn rì fēn fēn

锦城[2]丝管[3]日纷纷[4]，

bàn rù jiāng fēng bàn rù yún

半入江风半入云。

cǐ qǔ zhǐ yīng tiān shàng yǒu

此曲只应天上[5]有，

rén jiān néng dé jǐ huí wén

人间能得几回闻[6]。

## 汉字学堂

zèng 赠

qīng 卿

jǐn 锦

jiān 间

guǎn 管

bàn 半

难度打卡

### 注释

① 花卿：即花敬定，唐朝武将，曾平定段子璋的叛乱。

② 锦城：又叫锦官城，指现在的四川省成都市。

③ 丝管：丝是弦乐器，管是管乐器，这里泛指音乐。

④ 纷纷：形容乐曲的轻柔悠扬。

⑤ 天上：双关语，虚指天宫，实指皇宫。

⑥ 几回闻：听到几回，意思是说人间很少听到。

### 译文

锦城里每日都飘荡着悠扬的音乐声，一半随风回荡在锦江上，一半飘入了云端。这样的乐曲只有天上的神仙享受，人世间的平民百姓能听到几回呢？

# 塞下曲（其二）

sài xià qǔ qí èr
塞下曲（其二）

táng lú lún
唐·卢纶

读完用时 分钟

背诵用时 分钟

lín àn cǎo jīng fēng
林暗草惊风①，

jiāng jūn yè yǐn gōng
将军夜引弓②。

píng míng xún bái yǔ
平明③寻白羽④，

mò zài shí léng zhōng
没在石棱⑤中。

## 汉字学堂

jūn 军

lín 林

yǐn 引

àn 暗

píng 平

yǔ 羽

难度打卡

### 注释

① 惊风：突然被风吹动。
② 引弓：拉弓射箭。
③ 平明：天刚亮的时候。
④ 白羽：箭杆尾部的白色羽毛，这里指箭。
⑤ 石棱：石头突起的地方。

### 译文

幽暗的树林中，一阵疾风突然吹来，草被风吹得飒飒作响，将军连忙开弓射箭。天亮时将士们去找那支箭，发现箭已深深地扎进石头中。

读完用时 分钟
背诵用时 分钟

# 塞上听吹笛
sài shàng tīng chuī dí

táng gāo shì
唐·高适

xuě jìng hú tiān mù mǎ huán
雪净①胡天②牧马还③，

yuè míng qiāng dí shù lóu jiān
月明羌笛④戍楼⑤间。

jiè wèn méi huā hé chù luò
借问梅花何处落⑥，

fēng chuī yí yè mǎn guān shān
风吹一夜满关山⑦。

难度打卡

## 注释

① 雪净：冰雪消融。

② 胡天：指西北边塞地区。胡，古代对西北部民族的称呼。

③ 牧马还：放牧归来。

④ 羌笛：羌族的一种管乐器。

⑤ 戍楼：边防驻军的瞭望楼。

⑥ 梅花何处落：《梅花落》属于汉乐府横吹曲，善述离情，这里将曲调《梅花落》拆用，嵌入“何处”两字，从而构思成一种虚景。

⑦ 关山：这里泛指关隘山岭。

## 译文

西北边塞，冰雪消融，战士们牧马归来。入夜明月清朗，戍楼里战士吹起悠扬的羌笛。试问饱含离情的《梅花落》的笛声会飘向什么地方？它仿佛梅花一样随风传遍了关山。

chūn rì ǒu chéng

# 春日偶成

sòng chéng hào

宋·程颢

yún dàn fēng qīng jìn wǔ tiān

云淡风轻近午天①，

bàng huā suí liǔ guò qián chuān

傍②花随③柳过前川④。

shí rén bù shí yú xīn lè

时人⑤不识余心⑥乐，

jiāng wèi tōu xián xué shào nián

将谓⑦偷闲学少年。

## 汉字学堂

wǔ 午

chéng 程

yú 余

wèi 谓

tōu 偷

nián 年

难度打卡

### 注释

① 午天：指中午的太阳。

② 傍：靠近，依靠。

③ 随：沿着。

④ 川：瀑布或河流。

⑤ 时人：一作“旁人”。

⑥ 余心：我的心。

⑦ 将谓：就以为。

### 译文

淡淡的云在天上飘，风儿轻轻地吹拂着，时间已近正午，我穿行于花丛之中，沿着绿柳，不知不觉间来到了前面的河边。旁人不知道此时此刻我内心的快乐，还以为我在学少年模样趁着大好时光忙里偷闲呢。

# ǒu chéng<br>偶 成

sòng zhū xī<br>宋 · 朱 熹

读完用时　　分钟

背诵用时　　分钟

shào nián yì lǎo xué nán chéng<br>少年易老学难成，

yí cùn guāng yīn bù kě qīng<br>一寸光阴①不可轻。

wèi jué chí táng chūn cǎo mèng<br>未觉池塘春草梦，

jiē qián wú yè yǐ qiū shēng<br>阶前梧叶②已秋声③。

## 汉字学堂

|  |  |
| --- | --- |
| zhū | 朱 |
| xī | 熹 |
| nán | 难 |
| cùn | 寸 |
| táng | 塘 |
| wú | 梧 |

难度打卡

### 注释

① 光阴：白昼与黑夜，指日月的推移。后代指时间。

② 梧叶：梧桐的树叶。

③ 秋声：这里指秋风吹动树叶发出的声音。

### 译文

青春的日子极易流逝，学问却很难成功，因此每一寸光阴都要珍惜，不能轻易放过。还没从美丽的春色中一梦醒来，台阶前的梧桐树叶就已经在秋风里沙沙作响了。

读完用时　　分钟

背诵用时　　分钟

# 游山西村（节选）

yóu shān xī cūn jié xuǎn

sòng lù yóu

宋 · 陆游

mò xiào nóng jiā là jiǔ hún

莫笑农家腊酒①浑，

fēng nián liú kè zú jī tún

丰年留客足②鸡豚③。

shān chóng shuǐ fù yí wú lù

山重水复④疑无路，

liǔ àn huā míng yòu yī cūn

柳暗花明⑤又一村。

## 注释

① 腊酒：腊月里酿造的酒。

② 足：足够。

③ 豚：小猪，这里指猪肉。

④ 山重水复：指一座座山、一道道水重重叠叠。

⑤ 柳暗花明：指柳色深绿，花色红艳。

## 译文

不要笑农家腊月里酿的酒浑浊不醇厚，在丰收的年景，农家待客菜肴十分丰盛。山峦重叠、水流曲折，正担心无路可走，忽然柳绿花艳间又出现了一个山村。

读完用时 分钟

背诵用时 分钟

# dēng fēi lái fēng
# 登飞来峰

sòng wáng ān shí
宋·王安石

fēi lái fēng shàng qiān xún tǎ
飞来峰①上千寻塔②，

wén shuō jī míng jiàn rì shēng
闻说③鸡鸣见日升。

bú wèi fú yún zhē wàng yǎn
不畏浮云④遮望眼⑤，

zì yuán shēn zài zuì gāo céng
自缘⑥身在最高层。

## 汉字学堂

shuō 说

wèi 畏

tǎ 塔

shēng 升

shēn 身

céng 层

难度打卡

## 注释

① 飞来峰：一说在浙江绍兴城外的林山，一说在今浙江杭州西湖灵隐寺前。

② 千寻塔：很高很高的塔。寻是古代长度单位。

③ 闻说：听说。

④ 浮云：在山间浮动的云雾。

⑤ 望眼：视线。

⑥ 缘：因为。

## 译文

飞来峰的顶部有座高耸入云的塔，听说鸡鸣时分可以看见旭日升起的画面。我不怕层层浮云遮住远眺的视野，只因为我已经站在飞来峰的峰顶了。

读完用时　　分钟

背诵用时　　分钟

yè yǔ jì běi

# 夜雨寄北[1]

táng lǐ shāng yǐn

唐·李商隐

jūn wèn guī qī wèi yǒu qī

君[2]问归期[3]未有期，

bā shān yè yǔ zhǎng qiū chí

巴山[4]夜雨涨秋池[5]。

hé dāng gòng jiǎn xī chuāng zhú

何当[6]共剪西窗烛，

què huà bā shān yè yǔ shí

却话[7]巴山夜雨时。

## 汉字学堂

bā 巴

wèn 问

zhǎng 涨

huà 话

dāng 当

què 却

难度打卡

### 注释

① 寄北："北"是北方的人，这里指妻子。

② 君：对人的尊称，相当于"您"。

③ 归期：指回家的日期。

④ 巴山：指大巴山，在陕西南部和四川东北交界处。这里泛指巴蜀一带。

⑤ 秋池：秋天的池塘。

⑥ 何当：什么时候。

⑦ 却话：回头说。

### 译文

你问我什么时候回去，我还没有确定日子，此刻巴山的夜雨淅淅沥沥，雨水已涨满秋池。什么时候我们才能一起秉烛长谈，相互倾诉今宵巴山夜雨中的思念之情。

# 泊[1]秦淮[2]

bó qín huái

táng dù mù
唐·杜牧

读完用时　　分钟

背诵用时　　分钟

yān lǒng hán shuǐ yuè lǒng shā
烟笼寒水月笼沙，

yè bó qín huái jìn jiǔ jiā
夜泊秦淮近酒家。

shāng nǚ bù zhī wáng guó hèn
商女[3]不知亡国恨，

gé jiāng yóu chàng hòu tíng huā
隔江犹唱后庭花[4]。

## 汉字学堂

qín 秦

huái 淮

shā 沙

chàng 唱

wáng 亡

yóu 犹

难度打卡

### 注释

① 泊：停靠。

② 秦淮：指秦淮河，经建康（今南京）流入长江。

③ 商女：以卖唱为生的歌女。

④ 后庭花：歌曲《玉树后庭花》的简称，据传由南朝陈后主所作。

### 译文

浩渺的寒江之上弥漫着迷蒙的烟雾，皓月的清辉洒在白色沙渚之上。夜晚，船只停泊在秦淮河畔附近的酒家。卖唱的歌女不知道什么是亡国之恨，依然在江对岸吟唱着《玉树后庭花》。

读完用时　分钟

背诵用时　分钟

# 次①北固山下②

cì běi gù shān xià

táng wáng wān

唐 · 王湾

kè lù qīng shān wài, xíng zhōu lǜ shuǐ qián.

客路③青山外，行舟绿水前。

cháo píng liǎng àn kuò, fēng zhèng yì fān xuán.

潮平两岸阔，风正④一帆悬。

hǎi rì shēng cán yè, jiāng chūn rù jiù nián.

海日生残夜⑤，江春⑥入旧年。

xiāng shū hé chù dá? guī yàn luò yáng biān.

乡书何处达？归雁⑦洛阳边。

难度打卡

## 注释

① 次：旅途中暂时停宿，这里是停泊的意思。
② 北固山：在今江苏镇江北，三面临长江。
③ 客路：旅途。
④ 风正：顺风。
⑤ 残夜：夜将尽之时。
⑥ 江春：江南的春天。
⑦ 归雁：北归的大雁。

## 译文

旅途在青山外，在碧绿的江水上行船。潮水涨满，两岸之间水面宽阔，顺风行船恰好把帆儿高悬。夜幕还没有退尽，旭日已在江上冉冉升起，还在旧年时分，江南已有了春天的气息。寄出去的家信不知何时才能到达，希望北归的大雁捎到洛阳去。

读完用时 分钟

背诵用时 分钟

shǐ zhì sài shàng

# 使至塞上

táng wáng wéi

唐·王维

dān chē yù wèn biān, shǔ guó guò jū yán.

单车①欲问边②，属国③过居延④。

zhēng péng chū hàn sài, guī yàn rù hú tiān.

征蓬⑤出汉塞，归雁入胡天⑥。

dà mò gū yān zhí, cháng hé luò rì yuán.

大漠孤烟直，长河落日圆。

xiāo guān féng hòu qí, dū hù zài yān rán.

萧关⑦逢候骑⑧，都护在燕然。

## 汉字学堂

shǔ 属　yán 延　hòu 候　mò 漠　hàn 汉　hù 护　yuán 圆

难度打卡 ☆☆☆☆☆

## 注释

① 单车：一辆车，这里形容轻车简从。
② 问边：到边塞去查看，这里指慰问边疆的官兵。
③ 属国：一指少数民族附属于汉族朝廷的国家；也指出使边陲的使臣。这里代指使臣。
④ 居延：居延在今甘肃张掖县西北，远在西北边塞。这里泛指边疆之地。
⑤ 征蓬：随风飘飞的蓬草。这里是诗人自喻。
⑥ 胡天：这里指唐军占领的北方地区。
⑦ 萧关：在今宁夏回族自治区固原县东南。
⑧ 候骑：骑马的侦察兵。

## 译文

轻车简从想去慰问边关将士，路经的属国已过居延。像随风而去的蓬草一样出临边塞，又像北归的大雁正翱翔云天。浩瀚沙漠中孤烟直上，黄河边上落日浑圆。到萧关时遇到侦察骑兵，他们告诉我都护已经到了燕然。

读完用时　　分钟

背诵用时　　分钟

wàng yuè
# 望岳

táng dù fǔ
唐·杜甫

dài zōng fú rú hé　qí lǔ qīng wèi liǎo
岱宗①夫②如何？齐鲁青未了。

zào huà zhōng shén xiù　yīn yáng gē hūn xiǎo
造化③钟④神秀，阴阳⑤割昏晓。

dàng xiōng shēng céng yún　jué zì rù guī niǎo
荡胸⑥生层云，决眦⑦入归鸟。

huì dāng líng jué dǐng　yì lǎn zhòng shān xiǎo
会当⑧凌绝顶，一览众山小。

## 汉字学堂

jué 决　shén 神　xiù 秀

huà 化　dàng 荡　xiōng 胸　zì 眦

gē 割　lǎn 览　dǐng 顶

难度打卡 ☆☆☆☆☆

### 注释

① 岱宗：泰山，为五岳之首。
② 夫：语气词，强调疑问语气，没有实际意义。
③ 造化：大自然。
④ 钟：聚集。
⑤ 阴阳：阴指山之北，阳指山之南。这里指泰山的南北。
⑥ 荡胸：心胸摇荡。
⑦ 决眦：眼角几乎要裂开。这是由于极力张大眼睛远望归鸟入山所致。
⑧ 会当：终当，定要。

### 译文

五岳之首泰山怎么样？在齐鲁大地上，那苍翠的山色没有尽头。大自然把神奇秀丽的景象全都汇聚在此，山南山北阴阳分界，晨昏迥然不同。升腾的层层云气，令人心胸摇荡，极力张大眼睛远望归鸟隐入了山林。我定要登上泰山的顶峰，将周围矮小的群山一览无余。

读完用时 分钟

背诵用时 分钟

# 钱塘湖春行
qián táng hú chūn xíng

táng bái jū yì
唐·白居易

gū shān sì běi jiǎ tíng xī shuǐ miàn chū píng yún jiǎo dī
孤山寺北贾亭西，水面初平①云脚②低。

jǐ chù zǎo yīng zhēng nuǎn shù shuí jiā xīn yàn zhuó chūn ní
几处早莺争暖树③，谁家新燕④啄春泥。

luàn huā jiàn yù mí rén yǎn qiǎn cǎo cái néng mò mǎ tí
乱花⑤渐欲迷人眼，浅草才能没⑥马蹄。

zuì ài hú dōng xíng bù zú lǜ yáng yīn lǐ bái shā dī
最爱湖东行不足⑦，绿杨阴里白沙堤⑧。

## 汉字学堂

| | | |
|---|---|---|
| jiǎ 贾 | jiǎo 脚 | zhēng 争 |
| shù 树 | zhuó 啄 | ní 泥 |
| mí 迷 | qiǎn 浅 | zú 足 |
| dī 堤 | | |

难度打卡 ☆☆☆☆☆

### 注释

① 初平：远远望去，西湖水面仿佛刚和湖岸上的景物齐平。
② 云脚：古汉语称下垂的物象为“脚”，这里指白云重重叠叠，同湖面上的波澜连成一片。
③ 暖树：向阳的树。
④ 新燕：春时初来的燕子。
⑤ 乱花：纷繁盛开的花。
⑥ 没：隐没，遮没。
⑦ 足：满足。
⑧ 白沙堤：西湖东面的白堤，又称沙堤或断桥堤。

### 译文

从孤山寺北边到贾亭西边，看到湖面刚与堤岸齐平，白云低垂，仿佛与湖面连成一片。几只早出的黄莺争相飞往向阳的树木，不知谁家新来的燕子正忙着衔泥筑巢。纷繁的花朵渐渐盛开，使人眼花缭乱，浅浅的青草刚能隐没马蹄。我最喜爱西湖东边的美景，总观赏不够，尤其是绿色杨柳荫下的白沙堤。

# dēng yōu zhōu tái gē
# 登幽州台①歌

táng chén zǐ áng
唐 · 陈子昂

qián bú jiàn gǔ rén
前②不见古人③，

hòu bú jiàn lái zhě
后④不见来者⑤。

niàn tiān dì zhī yōu yōu
念⑥天地之悠悠，

dú chuàng rán ér tì xià
独怆然⑦而涕⑧下！

读完用时 分钟

背诵用时 分钟

## 汉字学堂

chén 陈　áng 昂　dì 地　niàn 念　yōu 悠　chuàng 怆

难度打卡

### 注释

① 幽州台：即黄金台，又称蓟北楼，故址在今北京市大兴，是燕昭王为招纳天下贤士而建。
② 前：过去。
③ 古人：古时那些能礼贤下士的圣明君主。
④ 后：未来。
⑤ 来者：后世那些重视人才的贤明君主。
⑥ 念：想到。
⑦ 怆然：悲伤凄恻的样子。
⑧ 涕：指眼泪。

### 译文

往前不见古代礼贤下士的圣君，向后不见后世求才的明君。想到天地的广阔，我忍不住悲从中来，热泪纷纷。

读完用时　分钟

背诵用时　分钟

# chì bì
# 赤壁

táng dù mù
唐·杜牧

zhé jǐ chén shā tiě wèi xiāo
折戟①沉沙铁未销②，

zì jiāng mó xǐ rèn qián cháo
自将③磨洗认前朝。

dōng fēng bù yǔ zhōu láng biàn
东风④不与周郎⑤便，

tóng què chūn shēn suǒ èr qiáo
铜雀⑥春深锁二乔⑦。

## 汉字学堂

jǐ 戟　chén 沉　xiāo 销

rèn 认　zhōu 周　tóng 铜

qiáo 乔　suǒ 锁

难度打卡

### 注释

① 折戟：折断的戟。戟，古代兵器。

② 销：销蚀。

③ 将：拿起。

④ 东风：指三国时期的一个战役——火烧赤壁。

⑤ 周郎：指周瑜，字公瑾，年轻时即有才名，人呼周郎。

⑥ 铜雀：即铜雀台，曹操在今河北省临漳县建造的一座楼台。

⑦ 二乔：东吴乔公的两个女儿，一嫁前国主孙策（孙权兄），称大乔；一嫁军事统帅周瑜，称小乔，合称“二乔”。

### 译文

赤壁的泥沙中埋着一枚未锈尽的断戟，自己磨洗后发现这是当年赤壁之战的遗留之物。倘若不是东风给周瑜以方便，结局恐怕是曹操取胜，二乔早已被关进铜雀台了。

读完用时 分钟

背诵用时 分钟

# 竹里馆①

唐 · 王维

独坐幽篁②里，
弹琴复长啸③。
深林④人不知，
明月来相照⑤。

## 汉字学堂

huáng 篁

guǎn 馆

tán 弹

cháng 长

xiào 啸

zhī 知

难度打卡

### 注释

① 竹里馆：辋川别墅胜景之一，房屋周围有竹林。
② 幽篁：幽深的竹林。
③ 长啸：撮口发出悠长清越的声音。古人常以此述志。
④ 深林：指“幽篁”。
⑤ 相照：指无人相伴，唯有明月仿佛知晓他的心意，特意来照。

### 译文

独自一人坐在幽静的竹林里，一边弹琴一边高歌长啸。幽深寂静的山林中无人知晓，只有天上的一轮明月静静地与我相伴。

读完用时　　分钟

背诵用时　　分钟

guī yuán tián jū　qí sān

# 归园田居（其三）

dōng jìn · táo yuān míng

东晋·陶渊明

zhòng dòu nán shān xià，cǎo shèng dòu miáo xī。

种豆南山[1]下，草盛豆苗稀[2]。

chén xīng lǐ huāng huì，dài yuè hè chú guī。

晨兴[3]理荒秽[4]，带月荷锄[5]归。

dào xiá cǎo mù cháng，xī lù zhān wǒ yī。

道狭[6]草木长，夕露[7]沾[8]我衣。

yī zhān bù zú xī，dàn shǐ yuàn wú wéi。

衣沾不足惜，但使愿无违。

## 汉字学堂

| chén 晨 | zhòng 种 | lǐ 理 | huì 秽 | chú 锄 | wéi 违 | xiá 狭 | zhān 沾 |
|---|---|---|---|---|---|---|---|

难度打卡

### 注释

① 南山：指庐山。
② 稀：稀少。
③ 兴：起床。
④ 荒秽：指田中的杂草。
⑤ 荷锄：扛着锄头。
⑥ 狭：狭窄。
⑦ 夕露：晚上的露水。
⑧ 沾：打湿。

### 译文

我在南山下种了一些豆子，地里野草茂盛，豆苗却很稀少。我清早起床下地铲除杂草，夜幕降临后才披着月光扛着锄头回去。狭窄的山路上草木丛生，晚上的露水打湿了我的衣服。衣衫被打湿也没什么值得可惜的，只要不违背我归耕田园的心意就行。

读完用时　　分钟

背诵用时　　分钟

chūn yè luò chéng wén dí

# 春夜洛城①闻笛

táng lǐ bái

唐 · 李 白

shuí jiā yù dí àn fēi shēng

谁家玉笛②暗飞声③，

sàn rù chūn fēng mǎn luò chéng

散入春风满洛城。

cǐ yè qǔ zhōng wén zhé liǔ

此夜曲中闻④折柳⑤，

hé rén bù qǐ gù yuán qíng

何人不起故园⑥情。

## 汉字学堂

jiā 家

dí 笛

sàn 散

zhé 折

qǐ 起

yuán 园

难度打卡 ☆☆☆☆☆

### 注释

① 洛城：今河南洛阳。
② 玉笛：笛子的美称。
③ 暗飞声：指声音不知从何处传来。
④ 闻：听，听见。
⑤ 折柳：即《折杨柳》曲，属于汉乐府古曲，抒写离别行旅之苦。
⑥ 故园：故乡，家乡。

### 译文

从谁家中飘出来一阵悠扬的笛声？它随着春风飘扬，传遍了洛阳全城。就在今夜，听到令人哀伤的《折杨柳》，有谁不会生出思乡之情呢？

读完用时 分钟

背诵用时 分钟

# xiāng yì dào zhōng
# 襄邑①道中

sòng chén yǔ yì
宋·陈与义

fēi huā liǎng àn zhào chuán hóng
飞花两岸照船红，

bǎi lǐ yú dī bàn rì fēng
百里榆堤②半日风。

wò kàn mǎn tiān yún bú dòng
卧看满天云不动，

bù zhī yún yǔ wǒ jù dōng
不知云与我俱③东。

注释

① 襄邑：今河南省睢（suī）县，在开封（北宋京城）东南 150 里。

② 榆堤：栽满榆树的河堤。

③ 俱：一起。

译文

两岸原野落花缤纷，随风飞舞，连船帆也仿佛染上了淡淡的红色。沿着长满榆树的大堤，船顺风而行，半日工夫就到了离京城百里以外的地方。我躺在船上望着天上的白云，它们好像都纹丝不动，却不知道云和我都在向东行进。

读完用时　分钟

背诵用时　分钟

féng rù jīng shǐ

# 逢入京使①

táng cén shēn

唐·岑参

gù yuán dōng wàng lù màn màn

故园②东望路漫漫，

shuāng xiù lóng zhōng lèi bù gān

双袖龙钟③泪不干。

mǎ shàng xiāng féng wú zhǐ bǐ

马上相逢无纸笔，

píng jūn chuán yǔ bào píng ān

凭④君传语⑤报平安。

## 汉字学堂

xiù 袖

shuāng 双

lóng 龙

zhōng 钟

zhǐ 纸

bào 报

bǐ 笔

píng 凭

难度打卡

### 注释

① 入京使：入京的使者。

② 故园：指长安和诗人在长安的家。

③ 龙钟：涕泪淋漓的样子。

④ 凭：托，烦。

⑤ 传语：捎口信。

### 译文

向东遥望长安家园路途遥远，思乡之泪沾湿双袖难擦干。在马上匆匆相逢没有纸和笔，只有托你捎个口信，给家人报平安。

读完用时　分钟

背诵用时　分钟

# wàng yuè huái yuǎn
# 望月怀远①

táng　zhāng jiǔ líng
唐·张九龄

hǎi shàng shēng míng yuè，tiān yá gòng cǐ shí。
海上生明月，天涯共此时。

qíng rén yuàn yáo yè，jìng xī qǐ xiāng sī。
情人②怨遥夜③，竟夕④起相思。

miè zhú lián guāng mǎn，pī yī jué lù zī。
灭烛怜⑤光满，披衣觉露滋⑥。

bù kān yíng shǒu zèng，huán qǐn mèng jiā qī。
不堪盈⑦手赠，还寝梦佳期。

## 思维导图

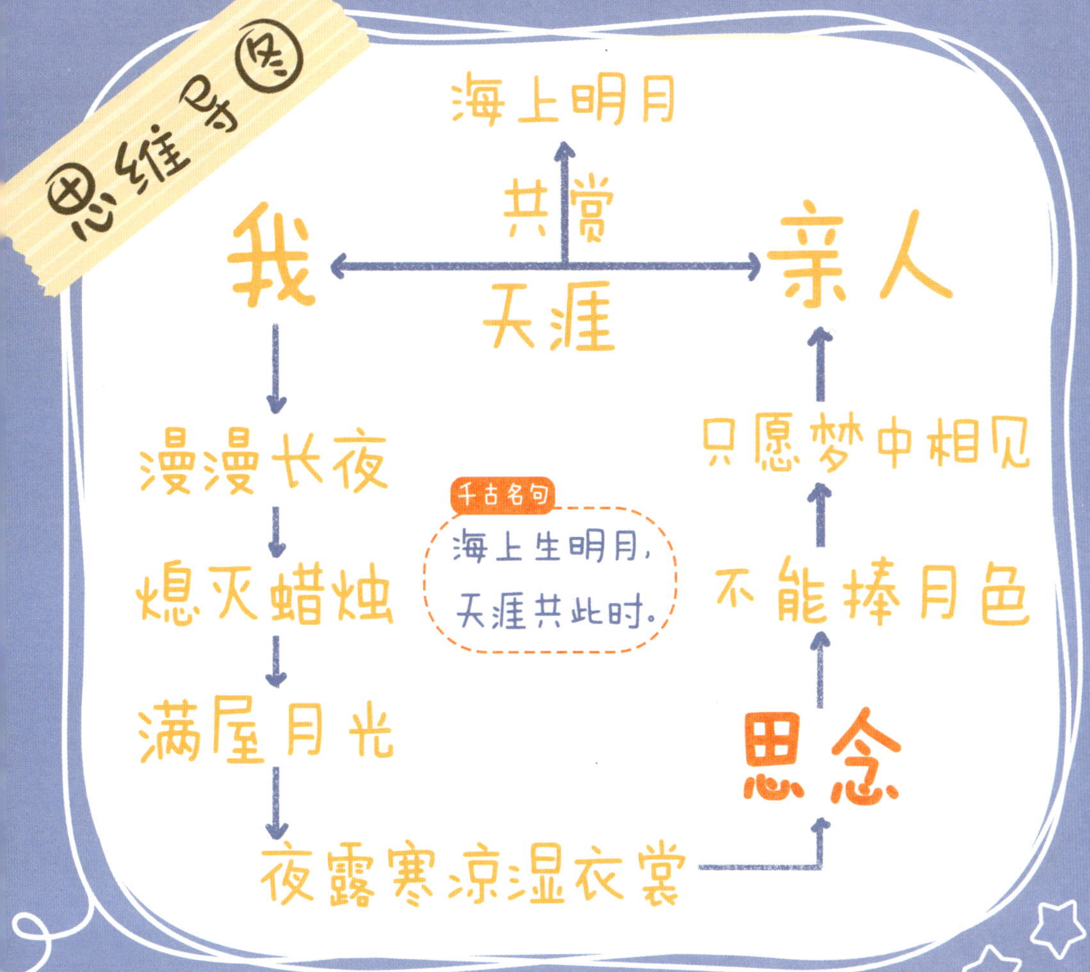


难度打卡

### 注释

① 怀远：怀念远方的亲人。

② 情人：古时指感情深厚的朋友。

③ 遥夜：长夜。

④ 竟夕：一整夜。

⑤ 怜：爱。

⑥ 滋：湿润。

⑦ 盈：满。

### 译文

茫茫的海上升起一轮明月，我们相隔天涯却共赏同一个月亮。满怀相思的人们都怨恨月夜漫长，整夜不能安睡，想念着远方的亲人。熄灭蜡烛之后，觉得满屋月光很可爱，于是披衣出门，露水打湿了衣服，夜露寒凉。不能手捧着美好的月色送给你，只希望能与你在梦中相见。

读完用时　　分钟

背诵用时　　分钟

tiān jìng shā qiū sī

# 天净沙[1]·秋思

yuán mǎ zhì yuǎn

元·马致远

kū téng lǎo shù hūn yā xiǎo qiáo liú shuǐ rén

枯藤老树昏[2]鸦，小桥流水人

jiā gǔ dào xī fēng shòu mǎ xī yáng xī xià

家，古道[3]西风瘦马。夕阳西下，

duàn cháng rén zài tiān yá

断肠人[4]在天涯[5]。

## 汉字学堂

lǎo
老

téng
藤

shòu
瘦

yā
鸦

cháng
肠

yá
涯

难度打卡 ☆☆☆☆☆

### 注释

① 天净沙：曲牌名，又名《塞上秋》。

② 昏：黄昏，傍晚。

③ 古道：年代久远的驿道。

④ 断肠人：形容伤心到极点的人。此处指漂泊天涯的旅人。

⑤ 天涯：远离家乡的地方。

### 译文

黄昏时分，一群乌鸦栖息在枯藤缠绕的老树上，小桥下流水哗哗作响，不远处有几户人家。荒凉的古道上，一位游子骑着瘦弱的马、迎着萧瑟的西风缓缓前行。夕阳早已西沉，只有孤独的旅人漂泊在遥远的地方。

shí yī yuè sì rì fēng yǔ dà zuò èr shǒu qí èr

# 十一月四日风雨大作二首（其二）

读完用时　　分钟

背诵用时　　分钟

sòng lù yóu

宋·陆游

jiāng wò gū cūn bú zì āi

僵卧①孤村②不自哀③，

shàng sī wèi guó shù lún tái

尚思为国戍轮台④。

yè lán wò tīng fēng chuī yǔ

夜阑⑤卧听风吹雨⑥，

tiě mǎ bīng hé rù mèng lái

铁马⑦冰河⑧入梦来。

## 汉字学堂

jiāng 僵　shàng 尚　lán 阑　tiě 铁　shù 戍　tīng 听

难度打卡

### 注释

① 僵卧：躺卧不起。

② 孤村：孤寂荒凉的村庄。

③ 不自哀：不为自己哀伤。

④ 戍轮台：戍守边疆。

⑤ 夜阑：夜深。

⑥ 风吹雨：风雨交加，也是时局的写照。

⑦ 铁马：披着铁甲的战马。

⑧ 冰河：冰封的河流，指北方地区的河流。

### 译文

卧病躺在孤寂荒凉的乡村里，没有为自己的处境而感到悲哀，心中还想着替国家守卫边疆。夜深时，我躺在床上听到那风雨的声音，迷迷糊糊地梦见自己骑着披着铁甲的战马跨过冰封的河流出征北方。

5分钟 诗词课

读完用时 分钟

背诵用时 分钟

# jiāng nán féng lǐ guī nián
# 江南逢李龟年①

táng dù fǔ
唐·杜甫

qí wáng zhái lǐ xún cháng jiàn
岐王②宅里寻常③见，

cuī jiǔ táng qián jǐ dù wén
崔九④堂前几度闻。

zhèng shì jiāng nán hǎo fēng jǐng
正是江南⑤好风景，

luò huā shí jié yòu féng jūn
落花时节⑥又逢君⑦。

## 注释

① 李龟年：唐玄宗时著名乐师，擅长唱歌。“安史之乱”后，李龟年流落江南，卖艺为生。

② 岐王：唐玄宗的弟弟，名叫李范，以好学爱才著称，雅善音律。

③ 寻常：经常。

④ 崔九：指殿中监崔涤，唐玄宗的宠臣。“九”是他在兄弟中的排行。

⑤ 江南：这里指今湖南省一带。

⑥ 落花时节：暮春。

⑦ 君：指李龟年。

## 译文

当年在岐王宅里常常见到你的演出，在崔九堂前也多次听到你的歌声。眼下正是江南暮春的落花时节，没有想到能在这时遇到你。

读完用时 分钟

背诵用时 分钟

# 峨眉山月歌①

é méi shān yuè gē

táng lǐ bái
唐 · 李白

é méi shān yuè bàn lún qiū
峨眉山月半轮秋②，

yǐng rù píng qiāng jiāng shuǐ liú
影③入平羌④江水流。

yè fā qīng xī xiàng sān xiá
夜发⑤清溪⑥向三峡，

sī jūn bú jiàn xià yú zhōu
思君⑦不见下渝州⑧。

## 汉字学堂

é 峨　yǐng 影　qiāng 羌　xiàng 向　yú 渝　xiá 峡

难度打卡

### 注释

① 峨眉山：位于四川盆地的西南边缘。
② 半轮秋：秋夜半圆的月亮，即上弦月或下弦月。
③ 影：月光的影子。
④ 平羌：即青衣江，在峨眉山的东北。
⑤ 发：出发。
⑥ 清溪：指清溪驿，在峨眉山附近。
⑦ 君：指峨眉山月，也有说是作者的友人。
⑧ 渝州：今重庆市。

### 译文

峨眉山上，半轮明月高高挂在山头，月亮倒映在平羌江澄澈的水面上。夜里，我从清溪出发，奔向三峡，想你却难以相见，只好依依不舍地去往渝州。

读完用时　　分钟

背诵用时　　分钟

rú mèng lìng zuó yè yǔ shū fēng zhòu
# 如梦令·昨夜雨疏风骤①

sòng lǐ qīng zhào
宋·李清照

zuó yè yǔ shū fēng zhòu, nóng shuì bù xiāo cán
昨夜雨疏风骤，浓睡②不消残

jiǔ shì wèn juǎn lián rén, què dào hǎi táng yī jiù
酒③。试问卷帘人④，却道海棠依旧。

zhī fǒu, zhī fǒu? yīng shì lǜ féi hóng shòu
知否，知否？应是绿肥红瘦⑤。

## 汉字学堂

| | | |
|---|---|---|
| shū 疏 | zhòu 骤 | nóng 浓 |
| cán 残 | shì 试 | lián 帘 |
| jiù 旧 | fǒu 否 | féi 肥 |

难度打卡 ☆☆☆☆☆

### 注释

① 雨疏风骤：雨点稀疏，晚风急猛。疏，稀疏。
② 浓睡：酣睡。
③ 残酒：尚未消散的醉意。
④ 卷帘人：指侍女。
⑤ 绿肥红瘦：绿叶繁茂，红花凋零。

### 译文

昨夜雨虽然下得不大，但是风却劲吹不停，虽然睡了一夜，仍有余醉未消。问那正在卷帘的侍女，外面的情况如何，她说海棠花依然和昨天一样。知道吗？知道吗？这个时节应该是绿叶繁茂、红花凋零了。

# 背诵打卡表

哪些古诗词你已经能够完整背诵下来了呢？找到它们并在其对应圆圈内画一个“√”吧。

- ○ 咏鹅
- ○ 江南
- ○ 画
- ○ 悯农（其二）
- ○ 古朗月行（节选）
- ○ 风
- ○ 静夜思
- ○ 池上
- ○ 小池
- ○ 春晓
- ○ 赠汪伦
- ○ 寻隐者不遇
- ○ 画鸡
- ○ 登鹳雀楼
- ○ 望庐山瀑布
- ○ 夜宿山寺
- ○ 敕勒歌
- ○ 梅花
- ○ 小儿垂钓
- ○ 江雪
- ○ 村居
- ○ 咏柳
- ○ 晓出净慈寺送林子方
- ○ 绝句四首（其三）

- 赋得古原草送别（节选）
- 悯农（其一）
- 舟夜书所见
- 山行
- 赠刘景文
- 望天门山
- 饮湖上初晴后雨（其二）
- 望洞庭
- 所见
- 夜书所见
- 早发白帝城
- 采莲曲
- 绝句二首（其一）
- 惠崇春江晚景
- 三衢道中
- 元日
- 清明
- 九月九日忆山东兄弟
- 忆江南
- 滁州西涧
- 大林寺桃花
- 江畔独步寻花（其六）
- 暮江吟
- 题西林壁
- 雪梅（其一）
- 出塞
- 凉州词
- 夏日绝句
- 鹿柴
- 嫦娥
- 别董大
- 四时田园杂兴（其二十五）

- 宿新市徐公店
- 清平乐·村居
- 芙蓉楼送辛渐
- 塞下曲（其三）
- 墨梅
- 江畔独步寻花（其五）
- 蜂
- 独坐敬亭山
- 示儿
- 题临安邸
- 己亥杂诗
- 山居秋暝
- 枫桥夜泊
- 长相思
- 蝉
- 乞巧
- 渔歌子
- 观书有感（其一）
- 观书有感（其二）
- 四时田园杂兴（其三十一）
- 稚子弄冰
- 村晚
- 从军行
- 秋夜将晓出篱门迎凉有感（其二）
- 闻官军收河南河北
- 游子吟
- 鸟鸣涧
- 凉州词
- 黄鹤楼送孟浩然之广陵
- 乡村四月
- 宿建德江
- 六月二十七日望湖楼醉书

- 西江月 · 夜行黄沙道中
- 浪淘沙（其一）
- 江南春
- 书湖阴先生壁（其一）
- 过故人庄
- 春日
- 回乡偶书
- 寒食
- 迢迢牵牛星
- 十五夜望月
- 马诗
- 石灰吟
- 竹石
- 长歌行
- 采薇（节选）
- 送元二使安西
- 春夜喜雨
- 早春呈水部张十八员外
- 江上渔者
- 泊船瓜洲
- 游园不值
- 卜算子 · 送鲍浩然之浙东
- 浣溪沙
- 清平乐
- 山村咏怀
- 乌衣巷
- 兰溪棹歌
- 桃花溪
- 竹枝词二首（其一）
- 秋浦歌（其十五）
- 乐游原
- 浪淘沙（其七）

- 冬夜读书示子聿
- 房兵曹胡马诗
- 秋浦歌（其十四）
- 牧童
- 舟过安仁
- 秋思
- 过华清宫（其一）
- 月夜
- 新雷
- 菊花
- 墨竹图题诗
- 题长松图
- 七步诗
- 灞上秋居
- 题李凝幽居
- 鸟
- 前出塞（其六）
- 除夜
- 惠州一绝
- 月夜忆舍弟
- 客中行
- 遗爱寺
- 寄扬州韩绰判官
- 观猎
- 天竺寺八月十五日夜桂子
- 逢雪宿芙蓉山主人
- 杂诗（其二）
- 劝学
- 八阵图
- 海棠
- 秋夕
- 蚕妇

- 相思
- 过分水岭
- 赠花卿
- 塞下曲（其二）
- 塞上听吹笛
- 春日偶成
- 偶成
- 游山西村（节选）
- 登飞来峰
- 夜雨寄北
- 泊秦淮
- 次北固山下
- 使至塞上
- 望岳
- 钱塘湖春行
- 登幽州台歌

- 赤壁
- 竹里馆
- 归园田居（其三）
- 春夜洛城闻笛
- 襄邑道中
- 逢入京使
- 望月怀远
- 天净沙·秋思
- 十一月四日风雨大作二首（其二）
- 江南逢李龟年
- 峨眉山月歌
- 如梦令·昨夜雨疏风骤